Ascensão e queda

© Editora Moinhos, 2019.
Copyright © Josefine Klougart & Rosinante/ROSINANTE & CO, Copenhagen 2010
Published by agreement with Copenhagen Literary Agency ApS, Copenhagen.

Edição: Camila Araujo & Nathan Matos
Assistente Editorial: Sérgio Ricardo
Revisão, Diagramação e Projeto Gráfico: LiteraturaBr Editorial
Tradução do dinamarquês: Luciano Dutra
Capa: Sérgio Ricardo

Dados Internacionais de Catalogação na Publicação (CIP) de acordo com ISBD

K66a
Klougart, Josefine
Ascensão e queda / Josefine Klougart ; traduzido por Luciano Dutra.
Belo Horizonte, MG : Moinhos, 2019.
176 p. ; 14cm x 21cm.
ISBN: 978-65-5026-029-3
1. Literatura dinamarquesa. 2. Romance. 3. Novela. I. Dutra, Luciano. II. Título.

2019-1771

CDD 839.81
CDU 821.113.4

Elaborado por Vagner Rodolfo da Silva – CRB-8/9410

Índice para catálogo sistemático:
1. Literatura dinamarquesa 839.81
2. Literatura dinamarquesa 821.113.4

Todos os direitos desta edição reservados à Editora Moinhos
www.editoramoinhos.com.br
contato@editoramoinhos.com.br
Facebook.com/EditoraMoinhos
Twitter.com/EditoraMoinhos
Instagram.com/EditoraMoinhos

DANISH ARTS FOUNDATION

A tradução foi apoiada pela Danish Arts Foundation

Ascensão e queda

Josefine Klougart

Traduzido do dinamarquês
por Luciano Dutra

 sagarana

*So much depends
upon
a red wheel
barrow
glazed with rain
water
beside the white
chickens.* [1]

William Carlos Williams, 1923

NAQUELE OUTONO EU GANHARA UM CAVALO. Era uma égua, uma baia palha; ela tinha um filete preto que parecia uma risca fina de carvão que corria de algum ponto na fronte, de alguma parte no limiar da fronte, seguia de fora a fora pela crina, cuja cor mais escura parecia ramificar-se em centenas de cursos d'água menores ao crescer nos pelos compridos e bastos daquela crina; os pelos, que o tempo todo emaranhavam-se em pesadas maçarocas, eram cordas que caíam cada qual de seu flanco. Corria de fora a fora pelo dorso dela, como gotas num vidro, uma linha ao longo do animal da mesma forma que o horizonte é uma linha ao longo da paisagem, ou como uma linha curvada sob o bojo de uma nuvem baixa acima da charneca, uma divisão feita com o cabo de um pente de ossos nos pelos desbotados pelo sol — uma linha que ia em todo caso até o rabo escuro, tão longo que chegava até o chão. Pelos castanhos, pretos e alguns poucos brancos entremeados como que reunidos a partir de vários pincéis que deixamos secando no chão sobre jornais velhos com os quais forramos os caixilhos das janelas; os pincéis que vejo na ponte do estaleiro de barcos de madeira, mergulhados no óleo, no verniz, na tinta naval, rígidos como agulhas; atrás deles, a cerca viva de mãos suadas em luvas de plástico. Naquele outono, já fazia tempos que ela se chamava Molly. Ela já existia antes, com seus cascos e uma quentura suave sob a crina; haveria uma espuma branca ali, na parte frontal do peito e nas dobras entre as patas dianteiras. Assim ela sai do reboque pela rampa com os flan-

Ascensão e queda | 7

cos bombeando, as narinas infladas, correndo os últimos metros abaixo até o cascalho em frente à nossa casa. Os meus pais me observam atentamente, como quando a minha mãe observa um cogumelo que encontramos no campo em outubro, arranca-o pela raiz, o limpamos com uma faquinha francesa que tem uma escova macia na ponta, o viramos para descobrir se possui lamelas, se é venenoso. Eles veem o cavalo como uma sombra nos meus olhos, despejados depois da tempestade, e estão tão atentos a mim que simplesmente nem *a* enxergam; a forma como ela claudica como um cabrito, um cervo ferido saindo do reboque, os olhos revirando de uma maneira que deixa o branco dos olhos à mostra, um lençol sacudido pela janela. Assustada com todas aquelas novidades; o que resta ver pela primeira vez, o trator Pony Massey Harris do Helge, a porteira de alumínio do estábulo e seu rangido cortante, o velho vagão de trem com baias, o desenho na parede e a frase escrita com pincel atômico, *Je suis un passager clandestin, je viens de Marseille, capture moi!*[2]

É desses olhos que fico com medo; a lua cheia, branca, no balde d'água na escada dos fundos que não se pode despejar, mas que se acumula nos azulejos, lagos que congelam pela manhã; o lago de Agri,[3] a respiração da minha irmã mais velha que se acumula feito pérolas de gelo no cachecol de lã verde.

Continuo tendo medo, da mesma forma que a Molly continua sendo assim. Cavalgo-a na direção da encosta, e ela pisa insolitamente cautelosa, coloca alternadamente a pata dianteira direita à frente da esquerda e a esquerda à frente da direita, trançando dessa forma o ar à sua frente, na direção de Bogens[4] lá embaixo, até a estrada escavada à esquerda de Tinghulen,[5] depois até a estrada de saibro que começa em Toggerbo[6] passando por Piersen i Hullet.[7] Assim ela se lança abaixo numa sequência de estirões cadenciados, os olhos concentrados adiante, o que vem agora, o que vem agora; uma onda desajeitada rolando numa cisterna

8 | *Josefine Klougart*

pequena demais; o couro da sela cede, os estribos gemem e roçam contra as caneleiras, eu me inclino para trás; não consigo nem respirar com medo de que ela tropece e caia, de que ela quebre uma pata e caia em cima de mim, pesada como um baú em cima da cama.

Lagos repousam no peitoril das janelas, secamos as roupas dentro de casa, penduradas nos varais sob o teto; chove. A minha mãe abre uma janela, um pedaço de madeira no pinázio mais baixo, as borrachas de vedação nos caixilhos das janelas se soltam com um estertor indolente como que ao redor de gengivas sem dentes em boca de velho. Faz um frio úmido na área de serviço, frio na sala, ele adentra por todos os caixilhos e pelos rodapés; os carpinteiros fazem corpo mole com o isolamento, nos enrolam, então a casa perde calor, a minha mãe faz café para eles, mais café; a reforma dura quase meio ano, a minha irmã mais nova dá seus primeiros passos, e os carpinteiros acenam positivamente com a cabeça e sorriem com seus dentes mal cuidados, veem a minha mãe bater com as mãos no peito e vão atrás dela. O frio é pior na área de serviço, o inverno começa aqui, o frio repousa nos azulejos, e é como uma Rússia, enrolada num manto vermelho escuro preso com alfinetes de segurança ou os dedos roxos, as garras que perfuram o tecido e cravam firme no pescoço. À noite, atravesso a área de serviço correndo nas pontas dos pés para chegar até o banheiro, me sento tão para trás no assento do vaso que os meus pés não tocam o piso de azulejos. A água da torneira nunca chega a ficar quente, na volta seco minhas mãos com a toalha mais próxima da porta. Força-me a voltar devagar; os ombros forçosamente caídos. Nunca dou a descarga à noite, pois não aguento ouvir a caixa da descarga esvaziando; e não importa quantas lâmpadas a gente acenda e deixe brilhar às nossas costas, não importa o quanto a gente esbanje nisso, a nossa casa fica escura o mês de novembro inteiro, dezembro inteiro,

Ascensão e queda | 9

janeiro inteiro, fevereiro inteiro e março, bem entrado o mês de março também. Acho que a minha mãe nunca consegue ficar sossegada. Mais tarde, naquele mesmo outono, ela se empolga e me confessa uma coisa. Subimos na direção de Stabelhøjen[8] atrás da residência pastoral e da igreja, nos sentamos lá com nossas calças impermeáveis azuis, a dela curta demais, a minha comprida demais. As árvores pingam no bosque cultivado e nas bétulas silvestres. Tudo o que ela deixou de fazer, não que ela se arrependa de ter tido a gente, mas mesmo assim. Ela contempla a paisagem lá fora, Ebeltoft,[9] Helgenæs,[10] Skødshoved.[11] Ela suspira e pega a minha mão, como que achando que sou eu que preciso de consolo pelo que ela acaba de confessar.

A MINHA AVÓ MATERNA É DE HERNING,[12] ela só quer saber de falar das urzes, a igreja deve estar cheia de urzes quando a sepultarmos. Ela é a pessoa mais generosa, deu tudo o que tinha, coisa por coisa. A tigela de cristal desaparece. O jogo americano, os castiçais, as passas de uva, o saquinho da *delicatessen* com os figos secos, o vaso grande, os vasos de jacintos. As pinças de latão para apagar pavios de velas, pelo menos a metade dos doze porta-talheres bordados desaparecem; a toalha de mesa branca estava desaparecida quando quiseram usá-la no aniversário do Henrik em fevereiro. Em maio, ela dá ao irmão o presente de primeira comunhão da minha mãe. Ele está precisado. Mil, trezentas e setenta e cinco coroas dinamarquesas.[13] É difícil, a minha mãe diz, repreender alguém por querer o melhor para os outros.

A minha avó limpa a mesa da sala, estou sentada entre a minha mãe e a minha irmã mais nova, segurando as xícaras de chá e os talheres do café da manhã nas mãos enquanto ela faz isso, depois ela volta a desaparecer da sala, vai num zás até a cozinha, com passinhos acelerados, as pernas roliças com meias de náilon, avante, avante, avante; e logo já volta outra vez, de volta até a mesa de jantar, encontrou um resto, quatro pãezinhos de canela. A minha mãe precisa sair, e a minha avó conta outra vez a respeito da Musse, do cavalo dela, como ele encontra o caminho de casa em meio à nevasca, com a carroça e a família inteira; ao amanhecer, ao puxar o toldo para o lado, eles viram o jardim, o estábulo e a porta do estábulo, que por pouco não foi arrancado pela ventania. A minha avó dá um último aperto na minha mão, ela quer ir embora já, e com os três passos atravessa o átrio, eu perco exatamente três litros de ar, um litro por vez; com a batida da porta de entrada, os meus pulmões afundam e jazem como uma fantasia de anjo guardada numa caixa rasa e escura no porão no finzinho de dezembro.

Ascensão e queda | 11

Eu sei que os cavalos são ótimos em encontrar o caminho de volta para casa.

A minha avó apaga as luzes, acende a lareira, escancara uma janela, seca a testa com um lenço de tecido de bolso, e finalmente nos deitamos nos colchões de espuma e esperamos.

Não importa de quão longe eles venham, por quais trilhas, os vários dias, toda uma viagem de longa distância, atravessando riachos, eles são capazes de encontrar o caminho de volta e afinal voltam para casa, se mantêm em movimento feito as ondas, o tempo todo de volta, cartas que finalmente chegam ao destino.

A minha avó se curva sobre a gente, nos dá beijos; ela tem um cheiro adocidado e exótico, deixa a porta aberta, os beijos dela esfriam nas nossas bochechas.

Sábado de manhã o meu pai assa dois pães redondos, faz seis cortes formando uma grade sobre eles, beberica uma Faxe Fad[14] que carrega para cima e para baixo na cozinha atrás do sal, atrás do azeite de oliva; a garrafa é roliça feito braço de criança, tem a mesma cor ferruginosa, a mesma cor âmbar dos vidros de remédio quebrados que desenterramos na pedreira vizinha à propriedade. É possível que ele tenha farinha nos cabelos, nas sobrancelhas, ela se acumula como uma renda branca surrada em volta da garrafa quando ele finalmente a pega. Vejo como ele despeja a massa na batedeira Ballerup[15] cor de creme, vejo a massa girando na tigela de aço inox, como se espicha em volta das pás misturadoras no centro como um animal se movendo desajeitado na primavera com a cerviz encurvada campo afora; a massa fica cada vez mais maleável, os fios ficam cada vez mais espichados, logo parecem uma corda desfiada, as fibras ficam úmidas e maleáveis, se soltam e parecem assim a água correndo em volta das pedras na fonte de Helligkilde,[16] exatamente a paisagem daquele lugar, a curva que faz a canhada entre a colina Trehøje[17] de um lado e Tinghulen do outro, aquela torrente na paisagem que se concentra no olho formado pela fonte. Ele inclina a tigela, e entre o instante em que vê a massa escorrendo pelas paredes da tigela até alcançar o tampo da mesa, ele consegue imaginar os dois pães de centeio já prontos no forno, consegue imaginá-los sendo cortados em fatias grossas, imaginar as fatias sendo besuntadas com a manteiga dourada e submergidas na sopa de tomate caseira, totalmente caseira. Vejo como ele trabalha a massa com as suas mãos secas, enfarinhadas, que parecem empurrar convictas a massa para longe do abdômen dele, como uma mãe que empurra o filho de três anos na direção de um exército de crianças desconhecidas no estacionamento da estação de ônibus; e a massa ricocheteia como a maré na direção da barriga do meu pai com uma saudade magnética. Até

Ascensão e queda | 13

que finalmente o meu pai ergue a massa, arremessa-a uma ou duas vezes no tampo da mesa, sovando-a, como ele costuma dizer, e os golpes deixam uma ressonância oca, com um anel de crescimento num tronco de árvore, um sino acolchoado, aquela massa que lembra um seio. Sento-me à mesa; a superfície do vinagre de vinho, o azeite de oliva sobre a mesa, as árvores lá fora tremem, e as garrafas se agitam, pequenos círculos de luz correm ao centro, de onde são sugados e submergem, como olhos que só sabem se fechar. Ele me passa a espátula e eu a seguro enquanto ele polvilha farinha de centeio peneirada sobre a massa que jaz como uma gema de ovo sobre um montinho de farinha, vejo ele esparramar a farinha sobre a massa, trabalhando-a até que ela volta a ficar brilhosa; ou, eu a seguro enquanto ele acende o forno, remove a grelha e a coloca no chão, escorada no armarinho de quina acima da comida do gato; ou enquanto ele pega o telefone, orienta um paciente a colocar gelo na região lombar das costas, ervilhas congeladas enroladas num pano de prato umedecido, quinze minutos de cada vez. Mais do que isso a pele não aguenta, ele diz.

Os pães são deixados para crescer sobre o aparador ao lado do fogão a lenha, cobertos com panos de prato umedecidos. Ele diz gritando que é para eu observar como eles crescem, como isso é uma beleza, como eles parecem bufas-de-lobo.[18] Ele não sabe, mas a voz dele se transforma num sussurro. É quando ele retira os panos com cautela, me puxa para perto de si, e o ar está denso, mais carregado agora, como numa barraca numa manhã de verão, um quarto de copo de suco de sabugo quente, sons e luzes compactados numa coisa só, o sol que comprime a lona da barraca em torno da gente feito um gorro justo. E tudo isso é triste, quase insuportavelmente melancólico. Porque é sábado. Porque há apenas aqueles dois pães e fora isso toda a exaustão; as semanas, porque não há fim algum nisso.

Ele é uma cabeça de gado vacum explorado em excesso. A responsabilidade que ele carrega, o dever de ajudar às pessoas o tempo todo, a gratidão infinita das pessoas, uma garrafa de vinho tinto atrás da outra; e também todas as descomposturas. Tudo aquilo que ele desleixa aqui em casa.

O meu pai tira de um dos bolsos da calça um punhado de tiras de papel amarelas e lustrosas, quadriculadas e pautadas, desamassa-as e as empilha direitinho, me explica que o capricho faz tanta diferença, ser uma pessoa *caprichosa*. A minha irmã mais velha observa com interesse, o olho esquerdo dela pendendo um pouco, igual como uma persiana pode pender quando puxada ou erguida um pouco de través, é sinal de que ela está concentrada, e ela entra na conversa, recordando ao nosso pai de que é na saúde pública que ele trabalha, um *sistema*, como ela diz, um ente, eu penso; ela diz convicta que há outros a quem recorrer, que as pessoas não jazem nos degraus em frente à nossa casa. Eu os imagino, com os braços estendidos na direção da porta, com os joelhos curvados. Ela recolhe o prato da minha irmã mais nova, coloca-o na lava-louças; num movimento contínuo, ela limpa a mesa e recolhe seus cabelos grossos e claros num rabo de cavalo com a mão que estava livre.

Ascensão e queda | 15

É UM MAR DE JOIAS, brincos em cestinhos, um porta-joias africano de madeira pintado em cores terrosas, e nele uma infinidade de gavetinhas, câmaras e cavidades entalhadas; como mais tarde uma caixa de espadas no circo, numa noite de junho na praça Fest-pladsen,[19] cavidades como estocadas atravessando a caixa. Ali é onde a minha mãe esconde seus colares de pérolas; brincos, broches, pulseiras de pérolas, naquele porta-joias pintado que cheira a pó de casas baixas, pó do oriente, madeira seca da China pintada, madeira do Japão empoeirada, madeira do oriente com suas cáfilas, as caravanas, possíveis artérias do oriente de fio a pavio pelo território da precisão, da exatidão. Abro a gavetinha mais baixa, dou uma espiada até a porta do quarto. Sei que ela considera o porta-joias na cômoda, da gavetinha mais alta à mais baixa, como algo que pertence somente a ela, o seu espaço exclusivo; ouço o suspiro dela no quarto, ela está entregue a um ritmo estranho.

Tiro uma das gavetinhas mais altas do porta-joias, depois outra. Puxo as três gavetinhas maiores totalmente para fora do porta-joias, enfileiro-as sobre a cômoda embaixo da parede inclinada. As pérolas reluzem com a luz vinda da janela, no anel com aquela pedra enorme e chata, a ametista oval, como ela diz; nele as nuvens se refletem, a encosta. Continuo retirando as gavetinhas, uma atrás da outra, e há sempre mais uma gavetinha, mais outra, até que o porta-joias termina como um esqueleto, um edifício incendiado nos subúrbios de uma cidade, uma ferida enorme e aberta, andaimes surrados.

Estou obcecada com as gavetinhas, dou uma mordida numa maçã e deixo a mordida suspensa num naco de casca da fruta; corto por baixo aquele naco de maçã, deixando um espaço ali, volto a fechar a maçã novamente, quase nem se nota aquelas uma ou duas marcas dos meus dentes, fendas abertas na terra com um dedo num campo recém arado, não além disso simplesmente.

QUANDO CRIANÇA, A MINHA AVÓ PASSOU POR TRÊS ROUBOS; uma dessas coisas que nunca entendi completamente, mas de que no entanto jamais duvidei. De que os roubos tinham sido reais e aconteceram. Ela está sentada às minhas costas, na cadeira de ráfia que encontramos escondida atrás das bicicletas no galpão, a instalamos para ela no jardim de outono. As folhas gotejam, choveu de novo no final da manhã, mas agora as nuvens já se dispersaram, o céu encoberto se rompeu, se descortinou, podemos enxergar o céu lá no alto. Assim ela empurra a mim e a minha irmã mais nova no balanço do jardim, e é ali onde ela nos conta essas histórias. Que esse tipo de coisa pode acontecer, de um carreta tombar em cima de um adulto, de uma barragem ser levada pela chuvarada e um mar invadir o jardim, cada canteiro, um carrinho de mão, cada cebola arrancada pela correnteza, de um golpe só.

A minha irmã mais nova olha arregalada.

Vinha chovendo há vários dias, e ela imagina que algo como aquilo estava para acontecer. Como é preciso reforçar os caixilhos das portas da nossa casa para afinal de contas, com o tempo, ceder à força da água, que a nossa horta será sugada, o buraco atrás da faia nivelado, exatamente como tudo que havia sido arrancado pela chuvarada, tudo o que fora destruído pela enchente de outrora, roubado das mãos da minha avó, esmagado debaixo de um vagão. Naquele outono, ela conta, a chuva simplesmente não parava, caía sem parar, com a constância sonolenta e ruminante do gado leiteiro, uma calmaria exasperante. O casaco encharcado da minha avó materna nunca chega a ficar totalmente seco, pois queremos ir mais uma vez até o jardim, não consigo esquecer aquela saraivada de pérolas no telhado que escutamos já entrada a noite, quando a minha avó finalmente não aguenta mais e cai no sono.

Ascensão e queda | 17

A MINHA IRMÃ MAIS NOVA SÓ QUER SABER DE COMER COMPOTA DE MO-RANGOS, ela contrai os lábios e está quase transparente de tão pálida, quase verde, há tanta coisa que ela não quer fazer, há tanta teimosia nela. Ela não quer ser vacinada, não quer fazer exame de sangue, não come o que nós, os outros, comemos, não fica sentada no seu lugar, não dorme, não vê sensatez em dormir, não caminha nem quer que a peguem no colo; ela se transforma num galho que não quebra mas sim se dobra maleável feito polegar na palma da mão, um dançarino que contorce o corpo em frente ao espelho, colocando as mãos espalmadas no chão à frente dos pés esbeltíssimos atados, uma peça de pão de centeio partindo-se ao meio — assim é a cintura dela — comprimida. Ela balança os pés. Ela só quer comer compota de morangos, e somente compota de morangos industrial, aquela que vem embalada em saquinhos metalizados dentro de uma caixinha de papelão.

A nossa esperança é que ela logo fique cansada disso. Que isso passe por si só, que a poeira baixe, que ela amadureça, como a terra entre as rosas um dia encobre e sufoca a erva daninha, tornando-se um manto delicado sobre a terra.

O leite pinga da colher no prato dela; o leite escorre do queixo dela até a mesa, depois escorre pela toalha de mesa encerada até cair gota por gota no chão. Uma gota desastrada atinge as sandálias, outra é absorvida pela meia de meio cano branca que ela vestia; o resto, gota por gota, cai no piso da cozinha. As pernas dela se agitam de um lado para outro ou ficam totalmente imóveis.

DESENHO UM QUADRADO NA AREIA COM UM DOS PÉS. Sento-me na minha toalha, observo o meu quadrado. A depressão na areia se transforma num fosso sem água, uma língua côncava enrolada na boca formando um tubo. As formigas caem pelas beiradas, voltam a subir se arrastando pelas beiradas, infatigáveis, ali mantidas pelo sol com seus corpos esturricados de sol, reluzentes, lustrosos, infladas pelo sangue quente. Elas atravessam o quadrado, o cenário formado pelo quadrado na areia, e aquilo é toda uma viagem para elas, uma paisagem impraticável para elas. Os rostos não são paisagens, as sobrancelhas não estão desinquietas, não são acidentes geográficos, nem limiares de matas, nem marcos de fronteira com relva seca e alta entre pedras e árvores. Quando como com os dedos, não sou um bicho, não me pareço com um bicho. Sou um ser humano que come com os dedos. É isso que pareço.

A gente pode cantar, um coro pode cantar, e o canto preencher o quarto, o quadrado, do teto até a parede, da parede até a cama até que a noite chega, e de novo tudo fica sossegado. No quarto, da mesma forma que na rua lá fora, no parque desguelhado com lampiões como olhos revoltos, poderiam estar cegos. O quadrado exíguo é encontrado oito vezes na casa, enfadonhamente repetido; vários outros quadrados são encontrados ao longo do litoral, são encontrados nas cidades, empilhados, aos montes, paisagens formadas por eles. Leio mais tarde que levamos em nosso rosto tudo aquilo que retiramos de sua querência, do *seu rincão*. Me inclino à frente e fico fitando a areia até que os grãos de areia sobem bem diante dos meus olhos e desvanecem com uma frieza febril como a das cores alucinadas do céu crepuscular, em cortinas largas sobre a enseada. As centenas de quadrados — os quadrados do litoral, os quadrados da cidade, os quadrados que pertencem à areia — são as reservas, os quadrados são os jardins americanos na Austrália, os jardins ingleses na

Ascensão e queda | 19

Índia. Esses quadrados são todas as pulsações que transbordam, os selos que descolam; os jardins de rosas das colônias que úmidas se insinuam na natureza. Cada um dos quadrados são flores que hão de crescer para baixo, rumo à própria raiz. Toda a água que há de ser preciso buscar. E a sombra que há de se criar na amplidão chamuscada; é um esbanjamento, esse cenário. Haviam de ser rosas; e logo elas aparecem naqueles quadrados, são como um reflexo sobre a pele que se torna desbotada feito vestidos de linho, cortinas de algodão surradas, fronhas puídas.

Querência é o lugar onde os quadrados são desenhados na areia diante dos olhos, é um espaço para se agarrar firme, um frêmito para baixo num dos cantos da boca que não se nega a entregar os pontos e escapa mas se aperta com força, umas botas de borracha de cano alto na lama atrás da cerca-viva de feno; a paciência que as mandíbulas têm, sempre tão perseverantes; a querência também o é, o rincão.

CHEIRA A CARNE COZIDA NO JARDIM, é outono, e, exceto pelas seis velhas poedeiras, abatemos todas as galinhas, as americanas vermelhas, a galinha-d'austrália e as cinco codornizes. O meu pai vai buscar a Shirin, o Massoud e os dois filhos deles no centro de acolhida a refugiados em Ommestrup.[20] Vieram nos visitar. E nos ajudam. Eu estou atrás do lenheiro com a minha irmã mais nova. Vemos como a Shirin arranca as últimas penas das galinhas. É bem quando elas têm as cabeças arrancadas por ela sobre o cepo de cortar carne, quando elas com uma sanha obstinada nos olhos bateram as asas, lançando penas, urrando na língua própria das asas, as linhas no ar, a língua própria dos ramos quando se partem por dentro junto ao tronco e despencam até o solo em queda livre; os ramos que despencam dos ramos maiores quando no outono são levados pelo vento e revolvem-se na tempestade, desabando, são soprados até a estrada que leva até a curva lá embaixo; enquanto as folhas decolam em círculo, atravessando a alameda lá embaixo. As galinhas ficam novamente rígidas, submersas na escaldadeira; elas entram mornas na depenadeira. Enfio as mãos nos bolsos cheios de migalhas de pão de centeio; sempre cheios de migalhas de pão de centeio e de sementes de grama, hastes soltas tiradas de um fardo de feno, uma palhinha enrolada até virar uma bolinha.

Vinte e quatro dedos de borracha arrancam as penas molhadas, e elas parecem tão desnudas, a próxima igualmente desnuda. A Shirin não está usando luva alguma, conseguimos ver a respiração dela, de tão frio que está.

A minha irmã limpa o nariz nas luvas.

A cara do meu pai e do Massoud é atingida em cheio por jorros, sangue, água quente da escaldadeira, ambos ficam borrifados como a roupa para passar no encosto da cadeira na sala quando a minha mãe entra em ação no dia seguinte.

As galinhas mais velhas, cozinhamos.

Ascensão e queda | 21

A minha mãe escuma a sopa com a escumadeira, o cabo comprido tocando na coifa quando ela o ergue pela beirada da sopeira alta que encontrei para ela, fui buscar no porão. Conseguimos ver a cozinha lá embaixo do lugar onde estamos atrás do galpão. Nuvens de calor saem lá de dentro, um espírito salobro se misturando ao outono; as janelas estão abertas como os nossos casacos de verão ao primeiro sol, o ar está completamente parado à nossa volta, tão malvadamente frio. Eles berram cordialmente uns com os outros pelas janelas, acompanham tudo dessa forma, tanto fora como dentro, tudo é um único movimento, uma dança arrastada.

Restos de legumes repousam na pia. Pontas de alho-poró, cascas de cebola, cascas de batata, pontas de cenoura, a pele fibrosa dos aipos em escamas; as patas pálidas de galinha emergem pela beirada da panela como galhos num lago, um arado velho que ninguém reconhece ou arrasta para cá e para lá no terreno; os folículos na pele de galinha depois que as penas ficam amareladas, um osso decepado, aquela cor característica do tutano, o cor-de-rosa histérico que se vê num osso de galinha decepado. A risada dos rapazes golpeia o ar novamente; aquilo nos deixa incomodadas, a minha irmã mais nova pega na minha mão. Os ouvimos por todo o trajeto, desde o haras lá em cima até o jardim cá embaixo, sabemos como eles correm de uma eira à outra, conseguimos vê-los por cima das nossas mangueiras de pedra que arrimam aquela parte do jardim, as três eiras escavadas na encosta, os jardins suspensos que vimos no sul da Inglaterra aquela vez que tivemos a ideia de plantar canteiros de rododendros. Somos enxotadas até o canto atrás do galpão, até a beirada, até aquele lugar onde há ruibarbos no verão, onde ficam os caracóis, onde faz sombra o tempo todo, detrás do galpão, debaixo das folhas de ruibarbo. Depois largamos a mão uma da outra e contornamos a casa até a porta dos fundos, nos mantendo o tempo todo sob a platibanda; mais tarde, nos trancamos no meu quarto e ficamos lá até escurecer, até esfriar, e só então nos sentamos à mesa. Está quente para burro na cozinha, a coifa apita às nossas costas, mas ninguém se levanta, todos tão cansados, os rostos totalmente ruborizados de cansaço. Nos inclinamos sobre os pratos de sopa.

A Shirin sorri com os dentes mais brancos do mundo.

Os pedaços de frango ensopado são tão tenros de mastigar, boiam na sopa feito filamentos de pinheiro molhados, o meu pai tem o rosto totalmente inchado, cansaço e ar frio, como quando a gente fica tanto tempo congelando que não conseguimos nem baixar os ombros e os músculos estremecem na cama, eu acho, a minha irmã mais nova me diz quando estamos escovando os dentes, que eles podiam parar de matar galinhas. Nessa família.

O MEU PAI ENTERROU OS MOIRÕES IMPERMEABILIZADOS NO SOLO. O Helge do alqueive ajuda, ambos estão no lavradio, bem lá no topo da encosta, junto à divisa e à lamentável cerca do Svenningsen, eles de repente parecem tão baixinhos. O céu carregado prega as silhuetas deles no solo, eles praticamente somem nas botas que parecem arandelas grandes demais em volta das pernas deles. O Helge dá um ou dois passos para trás, se ajoelha, aponta o queixo para frente e se certifica de que o meu pai golpeie os moirões direito. Fecha parcialmente um dos olhos. Estejam eles firmes ou a ponto de ceder, se alternam em segurar com ambas as mãos e puxar os moirões — moirões de pinheiro norueguês cortados a machado, são cravados no solo com apenas seis, sete golpes. O som irradia feito rastilho da cabeça enferrujada da maceta até a cidade, abaixo até o lago e em frente até o frontão da sede da propriedade da Elna e do Mortens, ricocheteia de volta. Da entrada da propriedade do Per do outro lado da estrada, do frontão de lá, e do Asger junto à divisa. Catorze moirões reforçados já se encontram no solo. Cravados um meio metro no solo. São instalados primeiramente nas quinas, sendo o resto dividido a intervalos regulares, estão ali feito costelas, instalados ritmicamente um em relação ao outro, doze passos de terra entre eles, moirões impermeabilizados, uma família que tenta dar a volta na árvore, os dedos, erguidos feito galhos, chifres de cervo.

Estou no corredor onde a escada termina e espreito o Helge e o meu pai pela claraboia, o trabalho que dá deixar o terreno cercado. As silhuetas deles escorrem com a chuva pelos vidros das janelas. Eles trabalham bem perto de mim, mais cinquenta metros dentro do terreno, e entre nós se ergue a vertente e separa a casa dos campos, do pomar e das árvores, a paisagem que descortina a enseada de Kalø;[21] e na trilha que passa em frente aos campos estão as amoreiras como uma faixa de algas e pedras junto ao mar.

24 | *Josefine Klougart*

Do sótão vejo o terreno como uma viga verde, um cinturão detrás das amoras e dos moirões, detrás do Helge e do meu pai. Me espicho e consigo me agarrar no listel mais alto. A janela cede nos cantos e se abre, e o cheiro da chuva, aquele ar frio, o cheiro da umidade verde do outono avança sobre mim como a neblina marinha na balsa para a ilha de Samsø.[22] Os golpes agora se tornam mais limpos, da mesma forma que suas vozes, eles estão mais limpos; e a casa parece mais sossegada, da mesma forma que a tarde parece mais sossegada.

A maceta é praticamente a única coisa a se mover, desfere um movimento na imagem. O Helge e o meu pai, talvez as folhas na água no carrinho de mão na eira entre a casa e a encosta; vermelhos e verdes e as folhas simplesmente quase púrpuras das hedras, quando o próximo verão chega até as calhas e devora as últimas fileiras de tijolos amarelos sob o telhado de ladrilhos, aquele reboco poroso que se espraia e se esfarela, então as pedras, fustigadas pelas abelhas-pedreiras, que podem ficar raspando uma na outra como os ossos nas articulações desgastadas.

Ascensão e queda | 25

A MINHA MÃE DIZ A ELE QUE QUEREMOS VER O BELICHE; ela fala polidamente, fazendo zóinho e, da mesma forma que as amêndoas que passamos a ela numa tigela com água morna, o olhar dela perscruta o local com cautela, percorrendo os pés das cadeiras de cima abaixo, os encostos dos sofás, a madeira polida. Há algo dissimulado naquela cama presenteada, como nos biscoitos que jamais chegam a ser assados, mas sim devorados enquanto ainda são massa crua, os morangos que nunca alcançam as bandejas e a balança na sombra perto da entrada da propriedade, os morangos devorados às escondidas, com a cabeça encurvada e o queixo cravado no peito, furtivamente, o corpo inteiro dobrado em si mesmo feito uma fronha suja do avesso, o olhar da mesma forma.

O vendedor é tão charmoso, o depósito que abriga a ponta de estoque da fábrica de móveis tem o cheiro dele, de pinheiro coberto de resina que absolutamente ainda não começou a amarelar, de jornais novos, os céus especialmente altos do final de março, destoando completamente das decorações natalinas. E ele acena positivamente com a cabeça, elegante e preciso, segurando com convicção nas mãos uma folha de papel que jamais consulta, afinal não precisa ler nada daquilo, simplesmente desfila pela loja na rua Frederiksgade.[23] Aquelas mãos impecáveis. Olho as minhas unhas, volto a enfiar as mãos no bolso. Há três opções de cama. A minha mãe examina uma cabeceira. Passa a mão até chegar no pé da cama, como se fosse a pata inflamada de um cavalo, um capão mancando, praticamente impossível de operar; ela bate na madeira como se fosse uma porta que já sabe que ela mesma terá que abrir, porque ninguém mais o fará, afinal a visita é para ela mesmo. É resistente, então ela acena positivamente com a cabeça e pergunta, apenas para ter certeza, se realmente é resistente. Ela acena positivamente com a cabeça outra vez, me pede para deitar na cama. Ele fica olhando para mim, o nosso vendedor, e dobra a folha de papel mais uma vez até que eu me deito, me encurvo diante deles para isso, deito-me com os pés sobre o plástico esticado por sobre os pés do colchão. O meu corpo é pequeno demais para aquela cama; eu caberia nela umas quatro vezes, eu acho, é espaço demais; é uma caixa de ar escancarada, um manto transparente no qual se esconder. Não há nenhuma cavidade, nenhuma cortina pendendo pesada como nos camarotes do Teatro Régio,[24] grossa e defumada; não há nenhuma escuridão, nenhuma gruta, nenhum lugar, nenhuma estalactite, nenhum ruído sombrio, o cheiro de junco, ao menos o ruído de junco debaixo dos pés, nenhum estalo, nenhum rangido nos nós quando o fogo já pegou bem pegado; apenas um ruído no plástico, apenas aquele homem elegante cujas mãos dobravam eternamente aquela folha de papel, com a qual ele apontava; ele é o maestro de todo aquele madeirame e do próprio cheiro de pinho e resina, era mais um gerente de circo inebriado com sua própria orquestração de tudo, em resumo, enquanto os seus animais jazem mortos, com suas panças inchadas, em torno do picadeiro. E mesmo assim ele fica entediado, dobra o silêncio do madeirame, as panças inchadas na folha de papel outra vez, enquanto observamos a folha de papel nos olhos dele, o tédio que nela se revela. Ele olha sorrateiramente para outro lado, está dessa forma em dois lugares ao mesmo tempo. Isso aqui para ele se resume apenas a um punhado de palavras, dobradas e arrumadas, como quando juntamos as mãos na igreja, isso aqui para ele é cheiro de paiol e não apenas de madeirame; ele precisa de um lugar que se possa ver. Não ouso dizer nada a respeito daquela cova que deveria haver, a cama por cima e a cova por baixo, com o colchão tornado céu, que era assim que eu tinha imaginado aquilo.

Fico completamente calada no carro no trajeto de volta passando pela avenida Grenåvej,[25] pensando em todo aquele dinheiro que estão gastando comigo, aquele valor tão alto que real-

Ascensão e queda | 27

mente se torna uma verdadeira cifra. Ranjo os dentes com força, comprimo o peito, as clavículas totalmente coladas, jogada feito argila seca, pesada, esquecida na prateleira sobre o forno de cerâmica. Eles amarram uma fita em volta da cama, usam um rolo inteiro de fita larga de cetim para fazer um laço amarelo enorme; vou dormir ali, sozinha, ler um livro depois do outro, e tenho o tempo todo a sensação de que nunca vou conseguir adormecer naquele colchão, que se eleva quase até o teto, transformando a cama num placar de ganchos, um espaço a mais no meu quarto.

VEMOS A MINHA MÃE IR PARA CAMA LOGO DEPOIS DO JANTAR, ela coloca o seu prato na lava-louças e vai, deixando um rastro débil às suas costas, como quem arrasta uma rede de cerco, os pés dela são uma fenda sobre o fundo do mar, até os degraus de escada. Continuamos sentados à mesa, ouvimos quando a porta bate depois de ela entrar no quarto. O meu pai respira fundo, uma única vez, então suspira, olha em volta, coleta os nossos olhares como que num cordão comprido; quando ele finalmente revira o branco dos olhos, a gente se encolhe, dobrando-nos umas nas outras como tecido.

Tiramos da mesa, como de costume, no entanto tudo é estranho. A claridade incide de uma maneira diferente. É como se a casa houvesse se deslocado alguns graus no terreno, girado durante o nosso sono, e os canteiros de rododendros devem ter ficado completamente destruídos, o piso deve estar todo arregaçado, os azulejos uns por cima dos outros como as placas de gelo nos baixios da represa de Nappedam,[26] quando, depois de um período de frio intenso, uma onda de calor chega arrastado pelo vento, uma súbita zona de alta pressão sobre a Jutlândia Oriental, num céu azul esporádico; quando os fragmentos de gelo derretendo e as placas de gelo boiando soltas de repente ficam presas num banco de gelo pesado. A noite está diferente, o gosto do creme dental está esquisito, as camisolas mais frias do que antes, durante três dias, toda uma estação do ano.

Ascensão e queda | 29

ESTOU PARADA E ASSISTO AO TURFE, é primeiro de outubro, a reiterada caçada anual de São Huberto do Clube de Equitação de Mols parte do estábulo, novamente esse ano no primeiro sábado de outubro, um final de manhã em que o frio o tempo todo morde as pernas e golpeia as nossas bochechas vermelhas e sonolentas. Um ginete depois do outro passa pelo topo da encosta, pela propriedade do Karl e da Ebba e, quinhentos metros depois, se ocultam atrás dos álamos e da mangueira de pedra, na propriedade dos Svejstrup; os cascos golpeando a relva recém-cortada, o lodo saltando no ventre dos cavalos. A Lone está na dianteira, mais uma vez esse ano é a Lone com suas pernas longas que corre mais rápido que todos os demais. Não sou grande o bastante para participar do turfe, avanço os últimos quinhentos metros até a trilha que passa pelo curral dos garanhões, as rédeas frouxas demais, sozinha, os estribos cruzados na parte da frente da sela e as pernas relaxadas, balançando numa cadência; tenho que ficar aqui com as calças de equitação molhadas e uma garrafa de água mineral na mão e observar os ginetes voltarem, aguardar a paz que isso traz. Ninguém vê como estou tremendo. Tampouco eu mesma o percebo; talvez as mãos estejam trêmulas, não sei, estou absorta nos cavalos, na velocidade deles, os cascos, centenas deles, o barulho irradiando à frente dos peitos suados deles. E apesar disso há espaço para as imagens da Suíça. Esse é o estado em que me encontro, como numa fotografia de dupla exposição, a imagem dos cavalos repousa sob a imagem daquela cidade, Zurique, uma cera nebulosa, estou parada e vejo uma guerra, um nó na paisagem, o meu pai que me leva junto, todas as suas filhas, que voamos assim até a Suíça, sobrevivemos assim. Vejo a minha mãe à minha frente, ela jaz num sanatório numa cidade desconhecida; uma camisola branca com rendas e listões, pálida como um cadáver, as veias feito vigas em frangalhos que atravessam os braços dela até o pescoço. E tudo enfim se reverte, lá na Suíça, num dos primeiros dias de primavera, quando a primavera desfila cadenciada pela cidade, brotos e passarinhos e terra fria apenas alguns centímetros abaixo; uma brigada, impecável, mais decidida do que ágil, uma partitura de movimentos rígidos, uma hemorragia interna, um vaso sanguíneo que explode espetacularmente, uma tubulação que rebenta e vaza, a madeira que se rompe presa num torno; que esses médicos serenos existam nos corredores, tão corretos, confiáveis e solícitos, a urbanidade encarnada, vestindo calças com vincos impecáveis, que jamais se desfazem; enfermeiras com mãos cálidas passam compressas úmidas na testa da minha mãe, passam a mão nos nossos cabelos, em nós, nas filhas dela, olham o nosso pai com olhos compadecidos e quase cúmplices, uma depois da outra, inclinando a cabeça feito um cachorro.

O meu pai está tão entretido com o turfe, não percebe que seu nariz está correndo. Que escorre do nariz até a boca. Ele aponta, acena positivamente com a cabeça e murmura com seus botões. Que belo animal, o capão da Lone. A força que o animal tem na sua parte dianteira, é isso que ele percebe. O *arranco* que ele tem. Por isso ele balança a cabeça. A minha mãe dá a partida no motor do Daihatsu cinza, quer obter algum calor para a minha irmã mais nova e para si mesma.

Elas estão em frente ao estábulo caiado de branco.

Eles param bem em frente da porta de correr com trilhos enferrujados, que se abre com um estertor retumbante, quando os rodízios rolam sobre os trilhos de metal que pouco a pouco vão sendo corroídos até ficarem totalmente desnivelados pela ferrugem que borbulha sob a pintura metálica velha e sob a graxa. A porta se abre e é possível ver o interior do estábulo, aquela escuridão peculiar, as fileiras de baias e os pesebres mais baixos, a escada até o desvão onde o feno é estocado, a fenda invertida formando como que uma cúpula retangular no teto, uma boca

Ascensão e queda | 31

escancarada para as estrelas cadentes e os fardos de feno a serem jogados novamente lá embaixo, onde podem aterrissar no piso de cimento com um soco de mão fechada na barriga, uma rajada de pó que se ergue com um respeito solene. A Molly agita a cabeça, as últimas moscas desse ano, estou preocupada, como se fosse eu e não ela quem iria pernoitar no estábulo em Birkemosegård,[27] não iria voltar conosco para casa, ficaria, seria deixada lá, quando a última batida do casco atingisse o solo, as últimas tampinhas de garrafa de cerveja fossem recolhidas num balde, a maior parte das luzes fosse apagada. A Molly come melaço e aveia laminada. Espero, imagino, que todos nós cinco possamos nos encontrar na Suíça, nos perdermos pelas ruas suíças, consultar os mapas e as placas, encontrar o hospital e os médicos e os aventais, as salas de cirurgia, passar por corredores silenciosos como bosques antes da primavera, fazer um passeio por uma rua suíça que passa bem em frente de um hospital, não como o hospital de Skejby[28] cujo terreno se encontra num deslugar rural absolutamente ermo, ou como o hospital comunal[29] que fica em meio a anônimos prédios de apartamentos, um ao lado do outro como casacos cinza de mulher; entretanto, numa cidade onde o ar é menos acre, um lugar onde a gente consegue aspirar o ar dando as costas para a guerra, rechaçando o ar rarefeito que avança sobre a Europa, coturnos pisando nas ruas feito rasgos nas colchas que nunca cobrem as pernas e a barriga. É como naquele filme, *Pas paa Svinget i Solby*,[30] com a bela Berthe Quistgård;[31] ou como *Drømmen om Det Hvide Slot*,[32] com a Malene Schwartz[33] e o Ebbe Langberg;[34] se o Emil Hass Christensen[35] é um bom pai, se é advogado ou médico, tão honesto, íntegro e impoluto, quando ele, acocorado, conta outra vez para a sua filha cega a respeito do palácio. Ela quer imaginar como é o palácio, e pede a ele para descrevê-lo mais uma vez; e ele não bufa sequer uma vez, a paciência dele é como a dos navios prestes a balançar nas docas, debatendo-se nas amarras, chocando-se contra o cais. Ele continua contando a ela sobre o palácio, acocorado atrás de uma moita de hortênsias brancas no limite do terreno, enquanto ela está sentada com o seu casaco cinza num cepo de árvore, com um olhar hirto, as pernas hirtas, os joelhos colados um no outro de uma forma quase que vulgarmente decorosa, apanágio exclusivo daquelas que nunca sentiram mão alguma debaixo da blusa, debaixo do vestido, aquele rubor que desce pelo pescoço feito fogo. Os dois prosseguem obstinadamente suas caminhadas diárias por aquela paisagem gasta de tão narrada, e ela imagina, como ele vê, as sombras da margem da floresta, as árvores na margem da floresta feito um cenário entalhado, os contornos de uma bicicleta sob o baixio do rio que passa atrás da escola. Os lábios dele quando muito talvez tremem um pouco. É o olhar dela, fixo, sem direção, que o oprime daquela forma. É sempre uma questão de chegar mais perto para poder ver melhor; ela está enfeitiçada pelas imagens que o pai pinta para ela. Ela é um terneiro mamão que o deixa fraco de tanto sugá-lo com seus olhos enevoados, aqueles olhos para os quais ele descobre um tratamento na Suíça, fica alegre e enlevado com uma intensidade de que por fim é capaz, ao menos uma calidez, aquele afogueamento nas bochechas que despenca num avião e desaparece nas chamas. Imagino a madrasta, como ela dobra os guardanapos, arandelas e guardanapos passando infinitamente por suas mãos delicadas. Ela não pode oferecer à enteada aquele tratamento caríssimo, a viagem à Suíça, sequer a anestesia. É uma fábrica de dobrar guardanapos e circula em robe de cetim às duas da tarde como o frontão de aço do porto. Aquele pensamento me deixa quase doente de tanta amargura. Que existe tratamento, e isso é tão evidente para mim, vejo a Suíça, os cascos golpeando o solo, a lama que salta até os ventres, até os arreios, as cinchas, os arneses, os estribos; o leito preparado para ela, para a Malene Schwartz, para a minha mãe, no quarto, nas ruas de Zurique.

Ascensão e queda | 33

SEQUESTRAMOS OS TRÊS IRMÃOS PEQUENOS DA PERNILLE.
A Selma dorme.
Arrastamos todo o tipo possível de coisa, pode ser uma colcha, iogurte. E a porta tem duas fechaduras, e quando a fechamos, usando as duas fechaduras, nos trancamos ali dentro, todos os cinco na cabana da Britta e do Poul, no terreno que fica atrás do estábulo. Temos bolacha Maria, temos fraldas para a Selma, e água, água para caramba, trapos também, tiras rasgadas de lençóis velhos e capas de colchões, não sei para que iremos usá-los, mas o fato é que os temos aqui.

Há realmente tantos gibis guardados ali naquela cabana, são do Tue, da época antes de ele conhecer a Stine, ficar abestalhado, mudar-se para Copenhague, a Britta menciona o nome dele praticamente a cada cinco frases que diz, mas nem ela aguenta, agita as mãos e olha para baixo, os cabelos encobrindo os olhos. O Tue herdou os gibis do Henrik, o Henrik herdou-os do pai. Eram novos então, com cheiro de tinta de imprensa, estalavam entre os dedos. Uma parte fora sacrificada, eles se limpavam com folhas de gibi quando o papel higiênico acabava, esfregavam as páginas umas nas outras para amaciá-las, acocorados atrás do palheiro de feno, onde a lama ficava congelada a ponto de ser quase impossível pisar lá, e tinham que cambalear feito corças de patas trêmulas, mantendo o equilíbrio sobre as saliências congeladas de lama, afiadas demais para as plantas dos pés, paralelepípedos empilhados, a crina cinzenta da égua em marcha lenta quando cavalgávamos sem sela voltando do pasto comunitário. Outras páginas sobreviveram, algumas séries estão quase completas, com aquela paz de espírito que os números seguidos trazem aos dedos, a sequência que se deixa continuar, fascículo catorze, fascículo quinze, fascículo dezesseis; foi o inverno, a primavera, em que as finanças apesar de tudo andavam bem, conseguiam até mesmo manter os periódicos circulando.

A minha mãe já bateu à porta várias vezes, e me pede que abra para que a gente possa voltar para casa, cada vez mais forte e mais rápido a cada vez, como a roupa que vai ficando cada vez mais pesada quando se anda de bicicleta na chuva por entre as colinas, nesse caso, chega-se em casa passando pelas colinas, os três outeiros, a bifurcação e a Casa do Lago. Simplesmente não consigo pensar, o espaço entre as diferentes ilhas de palavras na minha consciência se congelam, e não gradualmente, mas de uma vez só; é como um cavalo caindo na floresta, os troncos que se lançam céu acima, até que tudo volta a se acalmar, até ela se ir. E subitamente está mais úmido, subitamente mais noite e inverno, e o orvalho cai com um ruído de automóvel no cascalho, na grama.

É tarde demais, penso então, abro a porta de supetão, as duas fechaduras parecem de fato ser umas dez; e ela já está indo para casa, sem mim, pelas encostas, já passou da colina de Trehøje. A Pernille fica parada com os braços ao lado corpo, não diz nada, não quer nada. Me dou conta que *ela* já está em casa, que eu sou a única a não ter um lugar. É isso o que vejo, os braços fininhos ao lado do corpo.

E ASSIM A MINHA MÃE É CAPAZ DE PARAR e perder o fio da meada ao menor movimento, um instante de nada, cinco segundos, um jornal velho farfalhando no acostamento quando um carro passa e repousa outra vez depois que o carro se foi; a primeira batata que germina no porão e logo já pode ser transplantada para a terra que ainda precisa ser ancinhada uma última vez. Ela coloca o cachecol sobre os ombros, empilha a lenha, o suor escorrendo embaixo do blusão, ela se curva sobre o monte de pinheiros derrubados e serrados e rachados, se espicha na direção da pilha num circuito contínuo, cada vez mais rápido; os dedos com unhas chatas do meu pai folheiam as revistas inglesas no escritório. Uma xícara de chá frio repousa no chão em frente às estantes com pastas de arquivo. O gato entra sorrateiramente e fareja a xícara com interesse, dá umas bicadas, e o meu pai não percebe nada, não vê nada.

A minha mãe se movimenta no pátio da frente, recolhe da grama uma daquelas peras enormes e manchadas, a pera está molhada e cadavericamente fria na parte que estava encostada no solo. Leva-a até o pátio dos fundos, até o nosso esconderijo com as velhas cadeiras de jardim e o toldo. Há um cheiro pútrido por lá, a tinta branca das cadeiras de jardim se revira, descasca, as lascas se soltaram e foram sopradas para longe, outras se agitam ao vento num coro de sussurros que de resto seria exclusiva das folhas de árvores. Ela simplesmente não consegue lembrar quando foi a última vez que esteve ali. As meninas sepultaram um rato à esquerda da trilha, ela vê a cruz feita com dois gravetos amarrados. Dois pássaros numa parte daqueles dois metros de terra plana diante da sebe que divide o esconderijo da encosta. E a minha mãe vê a sua filha mais nova pedalando em volta em pequenos círculos eira abaixo em frente à casa; ou a vê parar a bicicleta junto ao muro atrás da cabana, deitá-la na grama em frente ao galinheiro para girar as rodas da bicicleta, dar uma de mecânico; estou no meu quarto lendo ou estou no estábulo dando água aos cavalos. Ela não consegue unir aquilo tudo, sovar todas aquelas imagens numa massa firme de não *querer*, está ao mesmo tempo assustada e sossegada, como no instante em que a gente desiste de tentar agarrar os copos no ar e simplesmente os deixa cair, apenas espera pelo barulho, pelo espalhafato deles. Praticamente sereno. Ela sacode uma velha sacola de compras para secar e senta-se com as costas apoiadas no carvalho. Todos os movimentos que acontecem alhures, noutros quartos, noutros cômodos; os movimentos que ela não consegue enxergar como uma imagem única mas que se lançam sobre ela, um atrás do outro, rolos de fita de cetim que caem e rolam, se soltam como a carne cozida dos ossos, todas as palavras ou todo esse silêncio, um aceno positivo com a cabeça, um carvalho colhido de meias-calças, os cabelos, os braços; uma página virada por um dedo umedecido, o gato que derruba uma xícara de chá frio, e o chá que escorre pelas frestas entre as tábuas, o mar que recua da praia, enquanto a minha irmã mais velha ajuda com a vela, olha para além dos tufos de algas e pedras que emergiram. Que ela sequer consiga ver aquilo, nunca consiga contar aquilo; ela não consegue dizer exatamente, nem identificar o quê, mas há uma solidão nisso tudo, um atoleiro de mãos e bardanas, a queda da qual ela jamais irá conseguir falar, tudo isso que ganha vida própria.

Ascensão e queda | 37

O EMPREITEIRO DE VRINNERS[36] ESTEVE AQUI, escavou e enfiou as estacas largas na terra, várias semanas já se passaram desde então. A minha mãe serve café da cafeteira com jarra de vidro que normalmente só é usada nas festas de aniversário, quando colocamos os pés das mesas de festa na sala, depois os tampos, as toalhas de mesa de damasco branco, por toda a sala debaixo das vigas suspensas, os guardanapos dobrados imitando cisnes sobre os pratos, o chocolate na chocolateira, puro chocolate derretido, bem escuro e grosso nas xícaras de porcelana finas feito papel com alças que são como s's caligráficos desenhados no ar.

Estou sentada à mesa da cozinha ao lado do Kofoed; não sabia que havia filtros de café na nossa casa.

Não consigo tomar nada, olho para o copo de refresco, começo a suar, seria melhor se eu não estivesse ali. O filtro de café tem uma cor idêntica à das meias-calças de náilon, imagino que tenha o mesmo cheiro que as meias-calças de náilon da minha avó materna, que os comprimidos de Albyl,[37] pois são guardadas na mesma gaveta em que ela guarda seus remédios. Sinto um aperto no peito, de repente não estou mais segura do que foi que eu comecei, de que tipo de mecanismo era aquele. De repente tenho a impressão de que o terreno ficou tão inimaginavelmente enorme, que se estende tão longe numa e noutra direção, praticamente até o lago; tudo o que poderia ter sido cultivado lá, colhido, as vacas da raça Jersey que poderiam ser criadas lá e os terneiros na primavera, todos aqueles olhos enormes, escuros, as pestanas; no outono, como poderiam dar as costas ao vento e se abaixar um tantinho, uma carga depois da outra de feno recém-cortado e transportado até o desvão em agosto antes do início das chuvas. Me parece inimaginavelmente muita coisa para atrapalhar. Muito pouco para *justificar* aquilo. Um cavalo e uma ou duas ovelhas.

38 | *Josefine Klougart*

A minha mãe serve café para o Kofoed, o empreiteiro de Vrinners. A maneira como a minha mãe serve o café para ele; totalmente fora de si, ela se torna uma estranha na própria cozinha, transformada num mero cenário onde nós três podemos ficar sentados nos sentindo como se não tivéssemos um lar. Talvez não o Kofoed, ele está no seu próprio corpo, suas mãos enormes em volta da taça de café pequena demais. Cada movimento que faço me deixa sem lar; agora, aqui na cozinha e depois, quando passamos de carro em frente da casa do Kofoed a caminho de Grønfeld,[38] por causa daquele indicador erguido do volante em saudação, aquele gesto comedido ganhou agora outro significado, porque deixei ele entrar e dessa forma plantei um vírus na nossa cozinha, deixando a minha mãe dessa maneira fora de si de tanta fúria. Tenho vontade de comer um biscoito amanteigado, mordo-o com cautela, temerosa de que se parta em três, talvez quatro; que caia e se esfarele, salpique baunilha feito areia cinzenta que alisa a pele do rosto como argamassa numa parede; como quando a gente sua no palheiro e depois dirige por uma estrada poeirenta, deixa a máscara cair. A minha mãe dá as costas, está procurando o açúcar no armário e pega o açucareiro com um só movimento, batendo-o na mesa uma vez para soltar o açúcar, se vira, ajeita o sorriso como quem arruma a saia, espetando o fio puxado com a agulha antes de o padrão se desmanchar. Os biscoitos amanteigados e o café da jarra de vidro, o Kofoed, as ovelhas dele, escuras de tantos tocos de pelos, os braços sardentos com pelos compridos que se recusam a deitar, duros como os de um cão, e o polegar chato dele, a visita dele, o favor que ele está fazendo para a gente, com o que eu faço a minha mãe se comprometer.

O favor que ele está fazendo para nós.

Mas afinal ele está recebendo uma ótima recompensa pelo seu trabalho, como o meu pai diz, tira o colete pela cabeça num

Ascensão e queda | 39

golpe só, fazendo os cabelos estalar. Se realmente é necessário, se ela de fato não tem noção daquilo, se então a gente não poderia fazer menos tempestade em copo d'água por causa daquilo. Escovo os dentes, especulo por quanto tempo ainda vai chover até o carrinho de mão ficar cheio, se as folhas irão arrastar umas às outras pela beirada feita uma colcha, um lençol cobrindo um busto, uma raiz que finalmente se solta e deixa de resistir.

Vamos fazer um passeio, estamos na metade do verão, as tardes parecem quase tão intermináveis quanto a gana de crescer da grama, a gana da erva daninha. Andamos rápido, olhamos para cima, balançamos os braços; as mãos são dois fardos pesados, a cada balanço para a frente eles nos arrastam junto. Se cansarmos, a minha mãe me diz, podemos pedir para usar o telefone numa das propriedades, numa das casas de veraneio, podemos ligar para casa e pedir para nos buscarem.

A estrada de saibro se bifurca e seguimos na direção de Strand-kjær,[39] passando pelos Laboratório Mols,[40] as tendas brancas repousam ao sol, escancaradas e pálidas sobre as diferentes e parcas ervas, as diferentes e parcas flores, apenas faixas de terra arenosa. Passamos por um mar de retamas em flor, macieiras que há muito já perderam as flores, cerejeiras bravas que há muito já perderam as flores, uma tulipa solitária, o que faz um tulipa aqui, algumas faias antigas, uma grande quantidade de carvalhos; passamos pelo Centro da Natureza,[41] pela estância coberta de juncos e pelo casario restaurado do centro, onde observamos pássaros empalhados, um texugo empalhado com olhos de vidro empoeirados nas cavidades oculares, uma raposa empoeirada, com a pele encardida, rosada feito geleia de morango oxidada. A estância repousa recuada na paisagem, escondida no umbigo da paisagem. É um retângulo costurado na encosta. Quando a estrada faz uma curva entre os lagos e a estância, todas as linhas sobem a partir do ponto onde estamos, daqui não apenas a tarde parece uma eternidade, o anoitecer — quando chega — uma eternidade; mas também a própria paisagem uma eternidade de trilhas e estradas de saibro poeirentas com peles esturricadas de cobras-d'água e licranços, faixas de couro enterrados na estrada pelos pneus dos tratores e pelas rodas das bicicletas e pegadas. Quase não se consegue entender quantas possibilidades de fato existem; o David, da praia de Bogens, que se levanta na aula da

Ascensão e queda | 41

nossa turma, conta que em setembro irá viajar para a Groenlândia[42] com o pai; que eles vão morar lá por dez meses. Na neve. Quando a noite durar praticamente o dia inteiro, eles ainda estarão morando lá e irão à escola no escuro. A cidade tem um nome groenlandês que soa feito gelo despencando de um teto de zinco, fica bem nas proximidade de Nuque.[43] A gente pode plantar uma horta bem grande. Faço uma lista na minha cabeça: vender pães, bolos, refresco de frutas, verduras na beira da estrada, para supermercados e restaurantes, aprender fazendo, colocar um anúncio no jornal *Notícias Populares* de Ebeltoft;[44] a gente pode trabalhar de carteiro, conseguir uma rota, a mesma todos os dias, ouvir música tão alto no rádio do carro que ela pode ser ouvida até nos passadiços dos jardins, passando pelos arbustos de lavanda, até atravessar a entrada da propriedade. A gente esquece essas coisas, digo, puxo entre dois dedos um junco do acostamento, aperto a ponta na minha mão quente e arranco as sementes do pedúnculo tão lentamente, uma depois da outra, deixo-as se arrastar na minha direção. Grama-salgada. É assim que a erva se chama, eu sei, lembro dela por causa das sementes, como elas se parecem com a aveia e, como a aveia, também ficam bem num ramalhete de flores, pois se agitam ao menor movimento e de repente há centenas de pontinhos no ar, são as migalhas que jogamos das janelas abertas para os pássaros no pátio durante todo o inverno, o céu por um instante. A minha mãe diz não saber bem com certeza se a gente esquece isso dessa forma. Que essas possibilidades devem existir. Talvez não seja tão simples assim. Ambas entendemos isso, eu concordo acenando positivamente com a cabeça. A gente não começa cada dia com uma folha em branco, há nomes que nos acompanham e que a gente não volta a esquecer tão fácil assim.

JOSEFINE, ELA DIZ, SELANDO-ME dessa maneira, como um documento, com uma chancela categórica na cera mole; com aquela formalidade típica dos nomes, o meu nome totalmente estabanado, o peso que há nele. Levo um ou dois segundos para imaginar um quarto, acordar nesse quarto desconhecido, um quarto bem diferente desse no qual no fim das contas caí no sono ontem à noite. Estou entre outras paredes, já agora sobre ladrilhos e oprimida pelo som que os ladrilhos emitem, e consigo naqueles um ou dois segundos sentir saudade da madeira, os nós na parede inclinada sobre a minha cama, consigo me sentir sem teto e despida. É uma outra época, há um nome numa carta, é o século XVIII, uma correspondência libertina na qual tudo é dissimulado e como que escrito numa linguagem codificada, na qual a onda possui um signo, na qual há um signo particular para a terra e talvez outro para o pó, como o pó que se encontra na estrada debaixo dos nossos pés. A minha mãe para, não diz nada além desse nome. E surge um chão debaixo da gente, como as penhas que Bornholm[45] é e sobre as quais se encontra, aquela terra fértil que é a Jutlândia Meridional, a areia na extremidade oeste, a areia das eclusas, a areia das urzes, das raízes das urzes. Caminhamos até o acesso aos fundos da casa pastoral; os buracos na estrada haviam sido nivelados na semana anterior com uma outra caçamba de brita graduada. Ela agora repousa feito porcas pintalgadas correndo na direção da vereda que a estrada pode se tornar e hoje de fato se tornou. Passamos direto por ela, como um barco estreito e de proa aguda navega entre os juncos, não a pulamos igual a gente pula as poças d'água; comprimo a minha língua contra o céu da boca a cada passo que dou no saibro e tento da forma mais dissimulada possível ajustar o comprimento do meu passo para que o pé direito e o esquerdo o tempo todo pisem o mesmo número de buracos cheios de brita. Sinto uma cócega irritante, uma mosca que se agita numa ferida, uma

Ascensão e queda | 43

inflamação trêmula, até se equilibrar novamente. E sei que ela está fazendo a mesma coisa. Que ela vivencia aquilo exatamente da mesma forma, que ela, como eu, conta nos dedos, tão precisamente como eu; ela apenas sabe dissimular isso melhor, o olhar dela não fica tão hirto como o meu, ela não consegue pregar um prego apenas com o olhar como eu. Mais tarde, quando a minha mãe volta a dizer algo, é sobre nos mudarmos. Sobre dinheiro e sobre a casa, as pessoas daquela cidade. Sobre como ela está cansada.

Entendemos uma à outra, ela acha, e eu acho; e então ela aperta a minha mão, em oito passos contados para a esquerda, cinco e depois o polegar, o indicador e o dedo médio especialmente crispado, ela a leva até sua boca e bafeja um ar quente através das minhas luvas até os meus dedos frios, esfrega-os entre os dedos dela, como o meu pai massageia à noite o cabelo da minha irmã mais nova, depois o meu. Estamos em pé sobre a chapa de aço diante do fogão a lenha, a sala inteira, todo os sons, o estalar da madeira também, a crepitação de quando a resina queima, tudo estremece diante dos nossos olhos; ficamos anestesiadas uma ao lado da outra e recuperamos o calor do corpo depois do banho de imersão cada vez mais frio, o sabão que desapareceu com o calor, as borbulhas no cabelo que tampouco duraram, até que as mãos secas do meu pai nos ajudam a sair, com cuidado sobre os azulejos escorregadios, atravessando o frio da área de serviço com aquele cheiro de abetos da decoração natalina, a louça sobre a mesa lá fora.

Certos lugares têm uma coisa, a minha mãe diz; ela não sabe exatamente o que é, mas eles como que se fecham em torno da gente, sem nos darmos conta, feito uma carta que é dobrada e enviada sem envelope mas com o endereço do destinatário escrito de qualquer jeito no verso do papel, da carta propriamente dita. Então ficamos presos, ela diz. Como que atolados. E só

44 | *Josefine Klougart*

conseguimos nos livrar deixando as botas para trás e pisando no atoleiro de pés descalços. Não sei bem como expressar isso, ela diz, com uma pontinha de orgulho. Tento manter o olhar na direção do topo da encosta, forçando-me a olhar para o alto, várias vezes não resisto a caminhar e olhar para o solo à minha frente, para a ponta das minhas botas, e novamente perco a paisagem, aquela fumaça congelada que os aviões deixam no céu feito arco-íris monocromáticos que rivalizam com as linhas das encostas, somem detrás das árvores na divisa.

NENHUMA COR É ESTRANHA, as bochechas das ameixas são vermelhas, verdes, amarelas, azuis, azuis como escamas de peixe, não,
nenhuma cor é descartada. Despejo-as do balde na pia, lavo-as
como se fossem batatas debaixo da torneira e as coloco em enormes punhados sobre o pano de prato. Uno as pontas do pano
duas a duas e suspendo a colheita para colocá-la numa tigela. As
ameixas estão pesadas como um corpo desmaiado naquele pano,
um gato que a gente ergue no lençol da cama e larga em cima de
uma cadeira, então solto uma das pontas e as ameixas caem com
estardalhaço na tigela de terracota, todos os passos do passeio
de ontem empilhados e amarrados com nó frouxo, uma tira de
palha que cede, as cores despencam na tigela, soltas, páginas
pesadas de um livro desprovido de lombada.

ELES ACABARAM DE SE MUDAR PARA CÁ, e o gramado, que eles plantaram na primavera, foi cortado pela primeira vez, o solo está mais claro, o cheiro de pinheiros recém-cortados, os troncos empilhados na altura de uma pessoa ao largo da estrada de saibro no reflorestamento de Skramsø,[46] perto do lugar onde encontramos cantarelos[47] nas clareiras cujos nomes jamais podem ser mencionados em voz alta. Por três dias, ela diz e balança a cabeça afirmativamente na cadência de suas próprias palavras, por três dias inteiros eles festejam o casamento no jardim. E aquilo foi pura fábula, ela conta, foi no mesmo dia do feriado nacional,[48] eles deixam a igreja numa carruagem; ela nos mostra o álbum de fotografias, aponta os dois Oldenburgo[49] pretos, capta o meu olhar e aponta outra vez, devo observar a carruagem reluzente. Ela beija os cabelos da minha irmã mais nova. A silhueta da minha irmã é uma extensão da silhueta da minha mãe, é uma reiteração, os mesmos sete ou oito golpes de martelo e cinzel, um serrote cansado, preso numa madeira barata que se espatifa sempre da mesma forma, a fachada de uma casa típica de Copenhague no espelho aquático dos lagos, todos aqueles telhados azinhavrados e as cores pastel que o céu é capaz de ter às cinco horas.

A Helga Jensen irá preparar a ceia e chega cedo trazendo uma caixa de isopor enorme. Cheia de caixinhas, tigelas vazias, cebolas; ela é a melhor cozinheira de Mols, tem mãos de cozinheira; consegue mexer o molho com uma das mãos e quebrar um ovo com a outra, ao mesmo tempo em que explica às garçonetes como preparar cada bandeja, fecha o forno com o joelho, vira três bolinhos de carne[50] de uma só vez e está o tempo todo de olho no forno, sabe o tempo todo quanto tempo ainda falta para o assado ficar pronto, pois conhece os diferentes fornos, o forno da família Skriver, o forno dos biólogos, o do veterinário, o forno da padaria de Vrinners, onde ela assa patos para os clientes no natal, o forno da residência geriátrica de Knebel,[51] as portas de forno que é preciso manter fechadas apoiadas com um cabo de vassoura, os fornos que devem ser aquecidos com bastante antecedência. Ela está ali, calçando as suas sandálias brancas, tão pesada que os pés se esparramam para fora das sandálias, até quase embaixo das solas, e a carne do peito do pé emergindo entre as tiras, inchada feito um lábio depois de levar uma picada de abelha.

O meu pai anotou tudo, explicou tudo minuciosamente para a Helga enquanto tomavam uma xícara de café, com esmero, como o pão de centeio que fatiamos para uma criança, como retiramos a casca, sopramos as migalhas para longe. *Coq au vin*, esse é o nome, ele diz, e quer ter raminhos de alecrim no pão, raminhos de alecrim bailando no vinho e no caldo fervente; os legumes, os cogumelos, tudo refogado com a carne nas quatro panelas de ferro alouçadas, os dentes de alho, não picados, mas apenas levemente amassados com as costas de uma faca larga; e um aroma de lavanda e azeitonas deve emanar das panelas quando a tampa for retirada, quando o pão for retirado, e a carne deve estar se soltando dos ossos, o tutano se soltando dos os-sos, como os dentes de alho se desmanchando nas cabeças com paredes de papel de seda umedecido, e então o vinho deve ser reduzido até se tornar um puro xarope, uma paisagem totalmen-te provençal, ela precisa entender isso, mangueiras de pedra e troncos empoeirados, insetos sobre as fontes esparsas, a dança dele; é isso que ele tem em mente ao repassar a lista de ingre-dientes com a Helga uma última vez na noite anterior.

A minha mãe ri, bate com o indicador numa das fotos, joga a cabeça para trás como um cavalo assustado; acompanhamos a risada, não ousamos não acompanhar, a minha irmã mais velha cutuca ela e pergunta do que é que ela está rindo. Vemos a foto, o nosso pai ao lado dela, vestindo um fraque, pálido, o olhar in-dignado dele na direção da cozinha desde o seu lugar na mesa de festa no jardim, o olhar dele na direção da cozinha escura; vemos o sorriso dos demais, a Nete e o Henning e pessoal da Fiônia,[52] os olhos deles olhando para a lente, o Poul, marido da minha tia paterna, atrás da câmera. É a Helga, como ela engrossa o caldo de carne e vinho tinto com um copo de farinha, os dois litros de nata que ela despeja de quatro caixinhas vermelhas sem nem ao menos agitá-las antes, o pão assado nas formas de pão francês, as sementinhas de bétula na casca macia, dourada e lustrosa, o pão macio, descorado, o molho viscoso envolvendo a carne e os cogumelos, como ela inescrupulosamente decora tudo com cores. Como ela desiste dos galhinhos de alecrim, pois aquilo jamais ficaria bom; e o meu pai fica tão decepcionado, o olhar cozinha adentro, humilhado perante os convidados, a maioria deles acostumados a algo bem diferente, porções servidas; era o que ele havia imaginado.

A minha mãe balança a cabeça, então é isso, ela diz, sorrindo indulgente. A minha irmã mais velha e eu ficamos olhando para ela, temos vontade de consolar alguém, acariciar a parte de trás da orelha de um gato selvagem para que ele se deite; há algo simplesmente de cortar o coração no olhar do nosso pai na direção da cozinha, a desilusão de assistir a tudo ficar diferente, de que só exista uma única tentativa, um única vez, uma única oportunidade de acertar.

Os dentes foram duramente afetados e, apesar de os médicos terem se ocupado dela a tarde inteira, ainda estão longe de acabar. A Merete não tem dinheiro algum, nem seguro algum; e tem vários dentes frouxos, dentes quebrados, fraturas na mandíbula. Naquele dia, a minha mãe vai sozinha até Århus.[53] É para ela que ligam, foi a ela que a Merete sugeriu ou ligou quando finalmente recobrou a consciência. Ela aponta para a bolsa, que largaram sobre uma mesinha com rodas, tem os olhos injetados, a única parte que ela consegue mexer sem sentir um ferroada pelo corpo, que fora isso ela apenas sente oco e estrondosamente amortecido de dor. Encontram o porta-moedas dela, ela fecha os olhos, e as lágrimas simplesmente não conseguem se conter, escorrem até o travesseiro, até os curativos adesivos, até a gaze; traçam uma linha no iodo marrom sobre a pele, onde ainda há pele, até chegar nos ferimentos. A Merete sabe que tem os números guardados ali, aponta com a cabeça com cautela na direção do porta-moedas e eles encontram o pedacinho de papel com os números de telefone, ela vê e continua vendo a roda à sua frente, a maneira que a roda derrapa, e mantém os olhos fechados enquanto ouve eles contarem o que ela já sabe, que caiu de bicicleta embaixo de um caminhão no cruzamento da rua Ringgade com a avenida Randersvej.[54] Tem vontade de erguer uma mão para que eles parem, mas simplesmente não tem como. Ela levou vários pontos no rosto, como um gramado cortado alguns metros ali e alguns metros acolá, costuraram a pele dela para que ficasse sobre o rosto. A pálpebra e os lábios foram os mais afetados, parecem como se as diferentes partes do rosto dela, qual gelo partido, tivessem perdido os cantos, de forma que não se encaixam mais, mas repousam e se viram uns na direção dos outros; como retalhos puídos de tecido, a pele roxa e amarelada que não consegue cobri-la.

A minha mãe está pálida e guarda as coisas na bolsa em silêncio. É a única vez que ela está de sapatos dentro de casa, ouvimos os passos dela por todo o trajeto, sob a viga suspensa exposta, a próxima, a próxima. E há algo de reverência, algo de partida naqueles passos, estar de partida para a Zelândia,[55] para uma crisma ou uma exposição agropecuária, o meu pai que exala um perfume de sabão, Imperial Leather,[56] e loção de barba, esquecemos do livro de salmos, temos que voltar uma última vez à sala que está lá esperando para ser abandonada — ou já está vazia e silenciosa, está lá como que com todos os móveis cobertos com lençóis brancos, é uma casa de praia.

A minha irmã mais velha está sentada à mesa com os cabelos molhados depois da partida de futebol em Knebel, as bochechas dela ardem; o meu pai está na universidade, pernoita em Copenhague, a minha mãe foi até o hospital de Skejby. Comemos sozinhas sentadas à mesa da cozinha. Vou ser promovida ao time principal, ela diz. Na primavera. Ela acena a cabeça positivamente, o tronco dela balança para frente e para trás naquele cômodo sossegado demais, e depois ela não diz mais nada outra vez, a geladeira zune feito uma colcha sobre as nossas pernas.

Ela enche os nossos copos com leite semidesnatado.

A minha irmã mais nova se abaixa e coça o pé, tira decidida os pepinos do pão, arranca o salame fatia por fatia e come pão de forma puro. Ela faz uma bolinha com o miolo embatumado de pão e a deixa num canto do prato.

Quero muito dizer algo, aquilo é como uma coceira fria na garganta; é algo sobre a Merete, mas não sei nada a respeito dela que não vá deixar tudo ainda pior, o sossego mais pesado sobre os ombros. É triste, completamente triste até o osso; o apartamento da Merete em Viby[57] é triste, o quarto da Nina é triste, seja quando a Nina está com o seu pai em Egå[58] ou quando encontra-se no seu quarto no apartamento da Merete, a vista da varanda é triste, as floreiras nas janelas, o cacau em pó bege pálido que misturamos no leite é triste, os irmãos da Merete e suas vozes, sua história, a história deles é terrivelmente triste, então não digo nada.

Ascensão e queda | 51

HOTEL JØRGENSEN, É ASSIM QUE SE CHAMA. Está escrito no papel timbrado, na placa, é disso o que eles falam o tempo todo. O Mogens toma um suador, distribui as chaves, explica para nós onde ficam os quartos dos professores, caso algo aconteça, e nos dá o seu número de telefone, o do quarto dele. O Mads e o Sune sobem a escada três degraus por vez; o Mogens volta a olhar para a folha de papel, fica ansioso de não conseguir dizer tudo nos momentos certos. Tenho vontade de ir até lá e pegar na mão dele, toda aquela correria, a escada, os corredores, uma torção nas costas, malas a serem desfeitas. A minha mãe sobe até lá para fazer os meninos descerem de novo.

Há cartazes pendurados em todos os cômodos, em todos os corredores, emoldurados em alumínio e acrílico escovado. A Sarah está em pé segurando a sua *nécessaire* nas mãos, guardando as suas coisas no armarinho do banheiro. Fico quebrando a cabeça para saber como conseguir dizer aquilo, tentando achar uma desculpa; tenho vontade de espicaçar o colchão com uma tesoura de unha, entregar os pontos, dormir no quarto da minha mãe hoje à noite.

É uma coincidência, quero dizer, é uma total coincidência que ela tenha se oferecido como professora assistente.

Alguém precisava se oferecer, claro.

As meninas desfazem as malas e são como animais que acabaram de encontrar um buraco numa cerca. Coloco o meu próprio travesseiro sobre o que já estava na cama, guardo minhas duas pilhas de roupa na minha prateleira no roupeiro, empilho seis pares de meias no canto, mas não consigo dizer aquilo, organizar as palavras certas, espero até elas adormecerem.

Elas não dormem nunca, penso. Espero; fico deitada e combino cada um dos cartazes olhado de relance numa única imagem que consigo ver graças aos faróis dos carros; uma menina negra com o maxilar estreito que compartilha seus cabelos azuis com

52 | *Josefine Klougart*

um lobo. Uma lua com aquelas sombras cinzentas, o rosto pintado da lua, uma praia, e tudo brilha, folheado com a prata da família, porém marchetado. Elas não caem no sono nunca. Pego o meu travesseiro, levo-o nos braços com as mãos unidas à frente, corredor afora, passando pelos cartazes. O hotel é crivado de janelas, e as janelas de sons e luzes de Copenhague. Ela deixou a porta entreaberta, como me prometeu, três vezes — larga o volante por um momento, sorri, pega a minha mão e a aperta forte, ela promete. E aqui também, nesse quarto, ouço os barulhos, no quarto também; fecho a porta às minhas costas e o quarto da minha mãe fica mais fechado do que o corredor estava, do que o primeiro quarto estava, do que o recinto atrás do balcão da recepção, os banheiros, o hotel inteiro, Copenhague cercada pelos fossos, a Zelândia no mar. Sonolenta, ela entrega os pontos, se espreguiça e faz cafuné nos meus cabelos de olhos fechados. Ela não diz nada, não precisa me ver, me conhece até dormindo, como um cego consegue ver o próprio corpo diante de seus olhos, o seu lar, é dessa maneira que ela me vê. E ela se ajeita e deita de lado outra vez, me deito bem colada nela e encaixo uma das minhas pernas entre as coxas dela, coloco os braços em volta dela, encosto a minha bochecha nas costas nuas dela. Fico deitada totalmente em silêncio e ouço. Ela é a única pessoa que conheço cujas costas são macias, como o resto do corpo, e não uma tábua de lavar esquecida cujas omoplatas completamente descarnadas se friccionam sob a pele fina, a espinha como que formada por vinte e quatro cotovelos, as costelas que se deixam contar quando a luz bate do jeito certo; ela é sempre macia, com qualquer luz. Simplesmente não consigo ficar mais colada nela, e mesmo que conseguisse; não adiantaria nada. Sinto falta dela o tempo todo, praticamente tento me enfiar debaixo da pele dela, ainda mais colada, mas mesmo assim sigo sentindo falta dela, a madrugada toda, a manhã também, sou uma estrela-do-mar em volta de um mexilhão, apenas esperando que ele se abra, uma fresta basta, não vou soltar nunca.

Ascensão e queda | 53

NAS DUAS PRIMEIRAS VEZES, OS CIGANOS levaram toda a comida que havia em casa e que a minha avó materna, com mãos trêmulas, embrulhou para eles em sacos e sacolas, farinha, açúcar, uma peça de charque, um bolo de casca de laranja cristalizada e maçapão praticamente saído do forno; na terceira vez, não havia ninguém na casa, e os ladrões então reviraram-na à vontade, peça por peça, percorrendo as trambolhões os quartos e trombando nos móveis. A terceira vez foi a pior. Reviraram as cômodas com as gavetas abertas, às escâncaras no ar como um boca que apanhou, deixando toalhas de mesa, cartas e livros espalhados pelo chão, aquilo quase acabou com ela.

Os MEUS OLHOS SÃO MAIS AZUIS do que os olhos azuis normalmente são. São azuis de uma forma totalmente radiante, porém escuros de noite como água marinha quando está calma e ultrapassa as pilastras do atracadouro, de um azul profundo fora do comum. Os meus olhos são azuis demais para esse mundo, a minha mãe me diz, ela sorri, pois tem alguma participação naquele oceano, aquelas lagoas inestimavelmente, insondavelmente peculiares. Eu balanço a cabeça. E não é apenas a minha mãe, a minha avó materna também faz coro a ela quanto a esses olhos azuis, esses olhos azuis azulaços azulérrimos, hóstias na língua, veneração, uma cornucópia disso; e eu fito os meus próprios olhos, ambos, no espelho do banheiro, erguendo uma toalha azul para comparar. Eles são bem azuis, mais azuis do que a toalha, e não têm um azul como o do céu, como o da cafeteira, o da roupa de cama, como o do armarinho do bar pintado de azul ou como o azul que se encontra no padrão lateral da nossa cômoda, como as capas dos livros da Selma Lagerlöf,[59] como a lombada puída do cancioneiro, como o feltrozinho que reveste o fundo da gaveta do faqueiro de prata, como um laço debaixo do queixo, como a saia de tutu que a minha irmã mais nova desfila para a gente, como a saia de tutu quando ela gira velozmente no trapézio com a cabeça inclinada de forma anormal para trás, é uma pequenita se dobrando com as mãos tão espichadas para trás que quase capota, como os olhos da minha irmã, como os olhos do meu pai, com o azul salpicado que apesar de tudo encontra-se nos olhos verdes da minha irmã mais velha, verdes-oliva, como ela diz; não são azuis como algo que já se tenha visto antes. É isso o que me dizem, que os meus olhos são tão azuis, que os meus olhos simplesmente não podem ser comparados com nada, que simplesmente não existe uma palavra para um azul como o dos meus olhos. Acho que há uma palavra para quase tudo, que se trata de achar essa palavra e talvez sobretudo deixar de falar des-

Ascensão e queda | 55

ses olhos até que se encontre a palavra exata; pois todo o resto é uma espécie de buraco sem fundo. Não sei qual a origem dessa sensatez, esse senso de responsabilidade que me acossa e corta como um freio nos cantos da minha boca; não sei bem o que é, eu apenas poupo, apenas tenho a sensação de que devemos poupar essas palavras, falar um pouco menos das coisas para as quais ainda não descobrimos a palavra exata. Há tantas outras coisas de que falar, há nomes a dar com um pau apenas para falar das flores, simplesmente não se acabam.

ELA DEIXA DE FALAR COMIGO POR TRÊS DIAS. Ela está tão furiosa, a minha mãe, e a minha mente começa a cambalear, começa a duvidar de si mesma até com relação a ninharias. Se eu de fato os conheço, das minhas roupas, se as blusas também *são* minhas, das minhas roupas, se elas também *são* minhas. Se as árvores geralmente se parecem com pessoas, ou se na realidade não é o contrário, se isso quer dizer algo, se os pinheiros, quando plantados densamente como no reflorestamento do lago Skærsø,[60] retêm o frio e dessa forma espicham o inverno, como se espicha as roupas molhadas antes de pendurá-las para secar. É esse tipo de pensamento que toma conta, vagueia sem teto à minha volta, agitado como um sonâmbulo. Entre os cômodos. Se o mar tem uma pele, se ela é formada por chapas rolantes de folha de flandres enferrujada, como o telhado do novo estábulo do Asger quando o sol outra vez volta a baixar detrás de nuvens escuras, dois centímetros acima do horizonte; o que significa essa névoa nos pés, se as unhas dos dedos são transparentes ou se de fato têm cor idêntica à dos pêssegos verdes. Se o anel azul sobre as lúnulas das unhas podem ser comparadas com o círculo em torno do sol; os gaios, se o azul deles é idêntico ao azul da geada, se essa cor azul específica existe no idioma, mesmo antes de eu observar aquele anel em volta das lúnulas das unhas. Se há algo que possui uma *condição especial*. Seja lá o que isso significa. Uma fotos, umas coisas, um carrinho de mão. E os pensamentos desfazem as palavras, desfazem as palavras em mim. Listas. Aquela história que se pode contar; constroem todas as paredes tão anormalmente altas, e tudo irá parecer um passo dado num corredor estreito com portas falsas estridentes que não levam a nenhum outro cômodo mas estão ali como ambiciosas pinturas *trompe-l'œil*, como as janelas altas pintadas nas casas mais simples da cidade. Esses pensamentos não levam ninguém a lugar algum, são apenas um nó imprevisível de símbolos, não há pureza alguma nesses pensamentos, frieza alguma. Por três dias, a minha consciência se torna cada vez mais como uma moita destruída que desaba; tudo ganha um novo lugar e não se pode mais reconhecer, é como a alameda entre as enseadas de Kalø e Egens,[61] daquela vez em que fizeram o corte enquanto estávamos fora, na casa de veraneio. Acontece durante duas semanas, é nessa janela de tempo que o corte ocorre. O corte de todos os elmos doentes agora mortos, levados embora de caminhão. Mais tarde, observamos na grama os rastros de veículos pesados que parecem haver arrastado na traseira não apenas as árvores mas o próprio lugar, e o que restou: uma paisagem nua que na sua humana revolta faz caretas condescendentes para mim, cospe como que na direção de uma mulher de longas pernas. O cabelo encaracolado, do qual o vento não consegue mais soltar sua língua. Por três dias, a minha mãe nos recrimina por deixá-la sozinha daquela maneira. Por sermos desconsiderados e emporcalhar o nosso próprio lar, fazendo ela correr de um lado para o outro feito cachorro, tentando deixar tudo razoável para nós, e tem que se esforçar por todos nós, sozinha, para transformar a casa num lugar aconchegante, um lugar nosso, o nosso lar. Ela nunca consegue aprontar nada, ela diz, depois urra, os olhos dela mirando furiosamente, não consegue, ela diz sussurrando, concluir qualquer coisa.

Ela nunca é levada em consideração.

E agora não é apenas o meu pai que não a leva em consideração; por três dias, nós quatro estamos no olhar dela, nos refletimos presunçosamente, presunçosamente; o meu pai com a minha irmã menor pela mão, logo nos braços, estamos bem nos olhos úmidos dela e não lhe damos a mínima. Não sabemos dar valor ao trabalho dela, não enxergamos nada, exigimos sem a menor consideração como só os animais sabem exigir, da mesma maneira desconsiderada.

É isso que a minha mãe não entende, o meu pai diz no ocaso. Ele descasca uma beterraba para a Molly com o seu canivete suíço, as cascas caem ruidosamente no chão, um montinho delas; o hipocótilo aparece reluzente, como a parte superior de uma perna de mulher sob a meia-calça no momento em que ela a desveste para ele, lentamente, com uma frieza calculada e insana. Descasco outra beterraba com o punhal cego no canto do estábulo. Que nós simplesmente não pedimos nada disso, que é claro que podemos viver sem isso, que estamos cagando e andando se os vidros das janelas estão brilhando ou não. Ele assoa o nariz com um só movimento.

Ascensão e queda | 59

A MANHÃ SE DERRAMA INESCRUPULOSAMENTE sobre o meio-dia, que por sua vez se desfaz quase que completamente, tornando-se uma película fina no fundo de uma panela fervendo seca sobre uma chama viva na cozinha, outra vez. A manhã com esse sol, o sol da manhã, se espraia sobre a cama, entre os meus pais sobre o colchão.

O sol, que repousa achatado no quarto.

Os gritos e as vozes da Escola Læssøesgade[62] ali em frente, os gritos igualmente achatados que chegam de lá, os caminhões de bombeiros.

Estão no apartamento do Palle, pegaram emprestados uma cama e um banho de banheira, não dormem muito, fazem festa; a minha mãe se inclina na janela aberta com o seu vestido lilás de crepe de seda, que fica totalmente transparente quando a luz recai de uma forma raramente cálida, ela acena para os bombeiros, convida com um aceno os fiscais de estacionamento a subir para um drinque, quero dançar, ela grita.

Eles ficam tão vidrados em vinho do porto, o meu pai e o Palle. Eles conseguem uma bandeja de prata que deixam sobre a cômoda da sala, uma tigelinha com nozes também, e copos de cristal. A cada vez um dos dois compra uma garrafa de razoável qualidade, que eles, usando um funil de plástico cor de laranja, transferem para um decantador que é colocado na bandeja ostentando uma plaqueta presa com um correntinha metálica no gargalo:

A namorada do meu pai liga do aeroporto. É a Vibeke, ela diz. O sangue dele descamba, errando de caminho em todos os vasos, nas artérias e nas veias, que existem, e ele repentinamente sente os rins. Se é que são os rins que se encolhem dessa forma.

A voz dela perfura os pulmões do meu pai. Como se fossem de papel; ele tropeça na sua própria pele, é uma luminária de papel de arroz que incendeia, seus olhos rígidos feito metal que arde e enfulija. Aquela fogueira. Vibeke tem a sua bagagem empilhada em volta da cabine telefônica, coloca a bolsa em cima do telefone público, sopra os cabelos claros e grossos que cobriam seus olhos. Ela quer saber por onde é que o meu pai anda, se ele por acaso se esqueceu dela. A minha mãe se vira na cama, dormindo, quando a Vibeke pergunta por onde, por todos os diabos, é que ele anda, espicha uma das pernas quando a Vibeke conta que o seu voo pousou uma hora atrás.

Ele não esqueceu dela. É o que ele diz. Eu não esqueci de ti.

As roupas dela ainda estão no guarda-roupas. As roupas dela desfilam pela sala com as mangas vazias, as pernas das calças vazias, ela é um fantasma. É isso que ele precisa contar para ela. Que a minha mãe existe. Que muita água rolou. Ele guarda as roupas da Vibeke numa mala. Podes buscar as tuas coisas quando quiser. Que ele conheceu outra pessoa. É isso que ele não consegue dizer.

A colcha está quase caindo no chão, pende feito uma língua para fora do colchão, o lençol se enrolou no meio da cama, quase formando uma "tereza", e repousa de través no colchão de molas com todas as suas manchas amareladas no seu forro surrado. A colcha cobre o tórax dela apenas parcialmente, uma amostra aleatória das clavículas até o umbigo, os seios, os braços; o restante, os pés, os tornozelos, as pernas, os joelhos, as coxas, as nádegas dela, simplesmente existem. Naquele quarto emprestado. Como num cartaz emoldurado com uma foto em branco e preto duma escultura Bauhaus. Uma cadeira da Série 7[63] no canto, com roupas penduradas no encosto, fazendo a cadeira parecer um sem-teto vestindo calças de brim emprestadas e *leggings* esticadas como um disfarce, negligentemente desalinhadas.

Ascensão e queda | 61

O meu pai está parado junto à janela. Está parado e observa a cama e o colchão, umas manchas antigas ali debaixo dos quadris da minha mãe, o próprio jeito que ela se deita, enrolada na colcha, com os braços abertos e as pernas grudadas uma na outra, o estalo quando os tendões do joelho se contraem e o lençol se enrodilhando feito corda embaixo dela. Ele não consegue concatenar as ideias, simplesmente não consegue se recompor, pensa em montes funerários, em Stonehenge na Inglaterra, nas pontes sobre o Tâmisa, como é possível caminhar às margens do Tâmisa, como o rio continua sendo bonito em toda a sua extensão, não importa quanto se caminhe naquelas margens, mesmo na Londres no século XVIII continua bonito apesar de toda a fumaça, apesar de a gente inevitavelmente ficar betumado por dentro, os pulmões ficando como as asas de uma gaivota num espelho de petróleo. A minha mãe é um Jesus crucificado, ali com os braços abertos, o lençol que corre pelo corpo dela, aquela forma gritantemente singela que a fotografia capta.

Ele não quer estar ali, quer mandar alguém em seu lugar para buscá-la, pensa na Nete, se não seria melhor assim, se elas não poderiam conversar, se isso não seria um consolo para a Vibeke. O Lars, talvez ele pudesse consolá-la. O meu pai se arrasta de volta para a cama, coloca a colcha de volta sobre a cama como quem puxa uma rede de pesca, pesada de tanta água e algas, de volta ao convés. Ahm? a minha mãe grunhe para ele ainda meio dormindo, uma das pernas ainda mergulhada na escuridão do sono; e ele grunhe algo às costas dela, fazendo as pálpebras dela se agitarem, as sobrancelhas estremecem como as folhas das cerejeiras atrás de Piersen i Hullet,[64] quando eles mais tarde pedalam por lá com as filhas. Num domingo de maio. Com uma cesta e duas toalhas de piquenique, que ela joga sobre a grama, endireita-as, como endireita os lençóis nas camas, a colcha na cama da minha irmã mais velha, aquela que costuma cobrir o sofá da sala.

Ele simplesmente está tão cansado que os cantos do quarto ficam convexos e escuros.

A minha mãe sussurra o nome dele. E ele de repente fica outra vez tão revoltantemente desperto. Se engasga com uns fios de cabelo dela, ergue-se na cama, volta a se deitar.

Ele está no entanto tão cansado, é no entanto uma onda tão obstinada, o estrondo contra as pedras, e só quer ser coberto pela noite outra vez, se sente nauseado de insônia, um das piores coisas que ele conhece, aquela espécie de noite.

Vamos levantar, a minha mãe diz. Ele suspira.

Como ele irá levantar? Como atravessar aquele dia?

Ele enfia uma mão embaixo do braço da minha mãe, a depõe feito um cesto ou uma cálida coroa em volta do seio dela.

Falo sério, ela exclama. Ele a beija na nuca.

Falo sério, ela repete. O meu pai não consegue fazer com que as imagens se aquietem, elas fazem uma bagunça só, ele vê a si mesmo guardando o copo quebrado numa sacola antes de espatifá-lo com um martelo, vê filhotes de gato num saco, os vê embaixo d'água, não sabe de onde vem aquilo; ele já havia imaginado isso antes, mas não tão vivamente, não como os filhotes chegam até o fundo, as bolhas de ar saindo de suas bocas, em torno dos dentes, as patas dianteiras que sobem e descem, cada vez mais rígidas, o lodo no fundo, todas as folhas apodrecidas, os juncos.

Ascensão e queda | 63

CONTO TRINTA E QUATRO HEMATOMAS nas minhas pernas, isso apenas naquele verão. As galinhas andam soltas e dá uma trabalheira encontrar os ovos, nem todas as galinhas se animam em usar as caixas de postura, mesmo que a porta daquele cubo de escuridão que é o galinheiro fique sempre escancarada. Para cada ovo que a gente encontra, temos direito a uma coroa dinamarquesa ou a uma bolacha amanteigada, o que a gente preferir. Seguimos procurando.

Fizemos um cercadinho em torno da horta, entendo que é isso ou as galinhas, uma ou outra coisa precisa ser cercada, e naquele verão foi a vez da horta. Tentamos semear ervilhas no cercadinho, mas as galinhas não deixam nem as ervilhas em paz. De todo jeito, as ervilhas nunca crescem direito. Já as galinhas crescem, as galinhas-d'austrália gigantes, simplesmente não conseguem parar de crescer, as cristas dos galos ficam pesadas e carnudas feito dedos inchados, tombam, ficam caídas para um lado.

São as americanas vermelhas que se recusam a usar as caixas de postura. São tão esquisitas. Os olhos delas também têm algo de estranho, pinicam, parecem espigas de trigo e se sobressaem na cabeça das aves com aquela ponta aguda saindo para fora.

A minha irmã mais nova encontra um ovo na cerca junto à estrada e bem perto dali encontramos um ninho com oito ovos. É impossível dizer qual de nós duas viu o ninho primeiro, seria o mesmo que especular qual dos dois olhos da minha irmã enxergou o primeiro ovo. É tudo uma coisa só. Aquele ninho é um achado *nosso*.

Espanto a galinha para o lado. É um rebuliço, ela se afasta da cerca batendo as asas como uma vela ao vento, com aquele estrépito alado.

Não sei se a minha irmã chega a entender aquilo totalmente.

Comemos bolachas amanteigadas na cozinha. Na sombra, sem dizer muita coisa.

A minha barriga se contrai feito um músculo enorme com cãibra quando vejo a minha mãe quebrar um dos oito ovos numa sopa fria naquela mesma noite. Vomito em cima das minhas mãos, o meu nariz esguicha vômito com pão francês ensopado e saliva.

Dessa vez pode-se ver as asas, não se trata apenas de vultos leitosos, mas praticamente pintinhos. Eu fico cada vez mais pálida a cada ovo que quebramos.

UMA VAREJEIRA DO TAMANHO DE UMA AMEIXA, escura e negra, mas ao mesmo tempo violeta, como um hematoma ou uma sanguessuga sobre o sol, todas as cores numa só, veludo ou pedras lustrosas no lugar de frutas, uvas que se deixam derramar pelas beiradas e também guardam em si um resquício daquilo. Ela me diz que vai voltar a Randers[65] um dia antes do planejado. Ou seja, amanhã mesmo. Aceno positivamente com a cabeça. Estamos deitadas em nossos sacos de dormir, uma ao lado da outra, no jardim, um pouco para lá dos epilóbios. Ela abre o fecho do saco de dormir, pois precisa ir mijar.

ENCOLHO AS PERNAS EM CIMA DO SOFÁ, embaixo da saia; as flores no algodão esticado entre os meus joelhos ficam transparentes, se transformam em nuvens que se afastam umas das outras, a gordura na frigideira que a minha avó materna reserva em cima do fogão a lenha, enquanto na panela ao lado: cenouras e batatas frias, pepinos na salmoura jazem e ficam cada vez mais claros, secam na tigela em forma de folha de bananeira embaixo do pegador de fiambres cujo cabo é um rabo de peixe. Uma tarde, polimos as alças de latão com Brasso.[66] Devem ficar reluzindo, o cheiro alcoólico e o metal embaçado e engordurado que pouco a pouco sai debaixo do pano limpo já completamente brilhante; e depois, no outono, os puxadores de prata da casa de praia, encho tanto a sacola que as alças ficam tão esticadas quanto dois rostos estupefatos, o vento assovia no plástico da sacola, os meus braços compridos ficam ainda mais compridos e finos e quase não tenho coragem de pensar em todas aquelas pedras que não posso levar para casa. A minha avó tem um treco, feito o vento assobiando na sacola, um sobressalto, e ela ergue ambas as mãos e segura forte a própria boca. Sobe a escada até o banheiro no segundo andar, os lábios amarelos de febre, e fecha a porta. Ouço ela claramente, encolho as minhas pernas, respiro através do tecido da saia. Ouço o estrépito lá em cima, ela tosse e cospe na pia e parece uma estranha naquela casa.

Mais cedo, naquele mesmo dia, ela me busca na estação de ônibus de Marienlund,[67] eu abraço ela forte por um bom tempo, sou como um percebe em volta de um mexilhão, depois de finalmente descer do ônibus. Ser encontrada. Pois ela está irreconhecível. O rosto pálido e escalavrado, ela tem um cheiro azedo, cheira a Albyl[68] e a colchas emboloradas esquecidas debaixo de uma lona sob o sol do outono. Ela segura a minha mão na sua manopla fria e grossa e caminhamos um trecho da avenida Grenåvej até subir a avenida Rydersvej, na qual ela mora

Ascensão e queda | 67

no número dezenove, mas quase não conseguimos entrar. Ela usa ambas as mãos e os dedos tremem de tanto esforço, os lábios dela tremem igualmente, cobertos com pérolas de suor que reluzem e então escorrem, e eu seguro o pedaço de papel amassado na minha mão até o anoitecer, até nós duas escovarmos os dentes diante do espelho. "Parada da avenida Asylvej",[69] está escrito com a caligrafia extremamente legível da minha mãe, usando esferográfica azul. E ela lê aquilo bem devagar enquanto escreve, na cadência da sua mão e da esferográfica, para que eu saiba o que está escrito ali, que tipo de mensagem estou levando comigo; como se a mentira nem sequer fosse uma possibilidade quando a voz nasce junto com a escrita.

Aquela é uma viagem e tanto para mim, partindo de Rønde[70] até Risskov,[71] vejo a paisagem como alguém que vê um rosto pela primeira vez, a enseada inteira,[72] Følle, Løgten, Rodskov;[73] ela vai me buscar na estação de ônibus, a minha mãe acena, a minha irmã menor acena, percorro sozinha os trinta e dois quilômetros, passando por Løgten, Rodskov, Skæring, Egå,[74] e vou ser buscada na avenida Asylvej, ela promete, certeza absoluta, ela diz, sorri, acaricia a minha bochecha, enquanto segura a minha irmã menor pela mão.

Mais tarde, a minha avó sobe a escada com dificuldade, totalmente inclinada sobre o corrimão, com os braços estendidos à frente do corpo, se arrasta até lá em cima, força os próprios braços; é como a caminhada em meio a uma seca em busca de água para os animais, os baldes vazios rangem com um ruído metálico quando se chocam outra vez contra as patas, contra as patas quentes, enquanto a terra vai rachando, se abrindo num sorriso amplo e desdentado, a terra outra vez se tornando casca ou argila queimada que se racha. Estou de pés no chão e dou uma espiada pela porta do quarto que está escancarada; vejo um balde com água dentro, no chão ao lado da cama, e as nuvens se arrastam aceleradas pelo céu, o vento entra pela janela às escâncaras.

SINTO FALTA DESSE SOSSEGO, o sossego das manhãs. Fico deitada num colchão no quarto dos meus pais, vejo eles se levantarem, passarem por cima de mim na ponta dos pés como sobre pontes balançando nervosamente que só quer desabar como as dunas da costa oeste que desabam, arrasadas pelas ondas, cedendo metro por metro à praia e ao oceano que devoram as pastagens dos novilhos litorâneos; o campo que desaba na areia e no oceano, por fim invisível, inaudível, feito qualquer outra coisa menos onda.

Há um silêncio no canto à capela daquele lugar, ao se ouvir certa voz, a voz das ondas e das manhãs. E há uma pachorra naquela manhã, todo um coro numa única voz. É isso que estou esperando deitada. Como alguém que espera pela claridade em fevereiro, como mais tarde vou esperar pela palavra exata, as frases exatas e polifônicas, uma tríade, as mínimas variações. Os saltos. Tão obstinadamente até o estremecimento é o que desejo, como o Torsten quando, num calçadão em Ebeltoft, é prensado contra o muro, as bochechas dele que simplesmente não conseguem parar de tremer daquela forma, folhas de álamo ao vento; como tudo estremece ao se ouvir um urro do lado de lá do lago numa tardinha de verão que atravessa a cidade. É esse o silêncio que pode haver. Não enquanto ausência de sons, mas sim, mais concretamente falando, um tecido úmido recobrindo tudo, peças de crochê entre os pratos, um grito de ficar quieto na fuga brusca dos pincéis sobre os muros, dos cascos no piso do estábulo, especialmente as éguas com ferraduras, as rodas no saibro, o Asger na curva, os encerados ruidosos dele sobre as vigas nuas do telhado do estábulo. É diferente o sossego da noite, o suspiro demorado e soturno, tão distante do suspiro da manhã. A argamassa cujos excessos são nivelados entre os tijolos ocres, as janelas rangendo que são polidas antes de o sol alcançar a encosta; o vento no pêndulo sob o comedouro dos passarinhos; o ruído de um sol tênue nos azulejos ocres nos degraus da entrada.

Ascensão e queda | 69

Nessa manhã não há nada além de partida e despedida. Não há nada além, é isso que cochila em todas as frases, se infiltra como um tropel entre as palavras, flanco abaixo, o tempo todo buscando um canto, o seguinte, o seguinte; ontem, agora, amanhã também, todos nós iremos partir. E isso cria um sobressalto na minha mãe, no meu pai, na minha irmã mais nova e na minha irmã mais velha, como uma pancada forte nas costas, totalmente inesperada, como quando acordo e o quarto está virado do avesso, como as pernas da gente podem virar do avesso, metade dos ossos virada ao contrário; como as telas do meu pai, viradas de trás para frente no nosso porão baixo infestado de umidade; como quando a minha mãe sorri um sorriso espasmódico, se retorcendo como uma enguia embriagada numa banheira, com uma compressa fria na testa, a febre, será que vai aumentar ainda mais agora.

Eles deixam as luzes apagadas, estou deitada no colchão no quarto parcialmente escuro e dou uma espiada para a cama dos meus pais, antes de me enrolar no colchão, me enfiando dentro dele.

O silêncio que há ali é um baú, uma caixa rasa de sombras, uma crisálida futurista me envolvendo, uma casa desocupada, os cômodos vazios de paredes ululantemente desnudas que bafejam umas às outras com rajadas e redemoinhos sobre o piso de pinho recém-lavado.

O meu silêncio não é igual ao silêncio da minha mãe, não é o silêncio das manhãs, não é leve e delicado, não é débil, não é nem sequer sensível. Não se parece com porcelana chinesa, nem um pouquinho, não se parece com a pele asiática pálida e decorada, dobrada feito origami em volta do chá quente. É mais como o silêncio da casa, o silêncio das coisas. O silêncio que ouço não é o silêncio das manhãs, mas sim o que há debaixo daquele, debaixo das pálpebras, debaixo da camada polida e lustrosa das baixelas de prata, essa volúpia que há numa *revelação*, esse suspiro, o entusiasmo pelo assado e pelas uvas roxas. Um silêncio desmesurado. Reconheço-o no balde de plástico preto que repousa e é soprado pelo vento sobre os azulejos diante das lilases desfolhadas, da água da chuva, as folhas que podem jazer no fundo dela, na terra em volta dela. Mais do que a ausência de som, o meu silêncio é uma espécie de ruído baixo e abrupto: pratos, copos, vasos, prataria deslizando com a toalha de mesa e despencando, tudo junto, antes de atingir o piso. Nenhuma mesura, nenhum manto para estender, nenhuma manga de camisa branca ou chapéu para recolher o dinheiro, apenas o som, o ruído das coisas na toalha de mesa de damasco quando alguém junta as pontas e leva consigo a mesa posta, a decoração floral, toda essa natureza morta, feito um animal malcheiroso pelas salas.

Não há nada de reverente no meu silêncio, nenhuma reverência além da que já há também nas coisas, no alvoroço das coisas.

A SEDE DA PROPRIEDADE É BAIXA, quase não sobra espaço para as janelas, a calha pende como uma pálpebra pesada sobre as janelas, é um efeito de sombra na vista para a entrada da propriedade ao sul, do outro lado do lago. As placas de gesso no teto cedem nos rejuntes e incham igual ao ventre de uma ovelha com tumefação abdominal, fazendo o quarto baixar até as nossas orelhas. O lábio inferior do Sigvard ficou caído depois da trombose, ele fica na sala coberto com uma colcha de crochê e a Elna o ampara quando ele vai se deitar na cama, ela tem braços robustos, debulha ervilhas mais rápido do que eu consigo comê-las, trata as batatas, limpa o inço das groselhas e dos morangos, arranca ruibarbos, colhe as alfaces em julho e semeia a próxima colheita, está ali parada pregando um pote de plástico na caixa de madeira próximo à estrada, fixa a tampa com cola, corta uma fenda para as moedas. Ela levanta bem cedo e colhe ervas aromáticas, cebolinha verde, salsinha, faz maços com elas e passa elásticos em volta, coloca os maços em vidros de geleia com água fresca, cinco coroas dinamarquesas, ela escreve, a mesa do café já está posta. Nos sentamos à mesa da cozinha. Eu devoro uma bolacha atrás da outra, evito me virar e ter que ver o Sigvard, a maneira como ele fica deitado na sala, olhando para a cozinha de esguelho pela porta aberta. O tempo todo tem um véu opaco no olhar dele, a minha mãe diz, olhando para ele. Bem rapidamente, a Elna lança um olhar na direção dele, abre a boca, os lábios dela parecem duas vagens de ervilha vazias, sem nada por dentro, as bochechas dela tremem. Desvio o olhar até o lago, aquilo é algo quase pessoal demais. O lago praticamente some detrás dos juncos e das urzes, apesar de que o filho da Elna há muito tempo já devia ter limpado aquele trecho da margem do lago que se fecha como um decote em torno da sede da propriedade. Como ela é educada, a Elna diz para a minha mãe, de desviar assim o olhar. A minha mãe se espicha até a mesa, empurra a travessa com o pão finlandês para o lado e segura a mão da Elna. A Elna acena positivamente com a cabeça, aperta um guardanapo sob a mesa, aperta a mão da minha mãe. Sem olhar, estico a minha mão quente embaixo da mesa e aperto a mão dela, fazendo o guardanapo desaparecer feito um fóssil numa pedra oca. Não tiro o olhar do lago, não há ave alguma, ainda apenas os juncos e as urzes que o filho já devia ter limpado. Há tanto tempo por aqui, suspenso sobre o lago e agora sobre a casa, cessou o afã habitual na horta, na terra a primavera inteira e final de verão afora, a terra que é arada, a argila que é cortada em placas reluzentes empilhadas sob o sol como cartas sendo embaralhadas, um leque japonês. Seguro a mão dela embaixo da mesa, é como segurar um nó de pinho. No caminho de volta para casa, jogo um graveto para os cachorros que disparam atrás dela na direção do lago. Fui eu quem soltou a mão da Elna por último. No caminho, a minha mãe para, examina os seus bolsos. Compramos um saco de batatas recém-colhidas e todas as salsinhas da Elna. E isso apesar de possuirmos três fileiras no nosso canteiro lá em casa, uma fileira só de salsinha de folhas grandes. A minha mãe me dá as moedas mornas e eu as enfio, uma por uma, pela fenda do pote de plástico. Levo quatro maços de salsinha em cada mão pela cidade ao voltarmos para casa.

A PORTA DOS FUNDOS TRAVA E REQUER um puxão resoluto na maçaneta, um chute bem aplicado no rodapé; com isso, ela se deixa abrir como dois lábios úmidos que se separam com um som igual ao de dois lábios úmidos que se separam; permanece assim por alguns segundos e arranca como que uma aba do quarto. A claridade é tênue e o sol avarento com o calor, é como vadear num lago e deixar a água se infiltrar por toda a parte, permanecer ali dentro até que as meias estejam totalmente empapadas e uma rede de pesca se enrosque pachorrentamente nas pernas, trazida pela correnteza, desliza sobre as copas das árvores, sobre as nuvens, sobre os juncos que se refletem na calmaria da água, participando de uma chamativa dança silenciosa. O gato se arrastou até a casa para morrer, deitando-se nos azulejos. A cara completamente chupada, a virilha parecendo o cume de uma pedreira, a barriga flácida um toldo flácido tremulando entre dois varais sobre uma criança sentada numa toalha de piquenique no gramado sob o sol de julho numa tarde de verão. O animal sangrou, mas é impossível dizer exatamente onde. Não há quaisquer feridas visíveis, os dentes estão à mostra, o gato sorri morbidamente e seus dentes parecem penduricalhos de osso enfiados num cordão de couro; é isso que parecem, sobretudo, repousando ali feito restos, dentes de leite ou dentes de baleia em mãos quentes, em segurança nessas mãos, que são o lugar mais seguro, descontando é claro o porta-joias. Também há sangue na imagem, ressequido nos rejuntes dos azulejos, um rastro esturricado que atravessa o corredor ladrilhado entre a casa e a edícula, junto aos tijolos pintados, o muro caiado de amarelo. Sigo o sangue com os olhos, como eu, parada no terreno arroteado no outono, com as cordas e o cabresto sobre os ombros, e sigo ofegante os rastros dos aviões no céu repousando dependurados naquele lençol azul berrante. O sangue escorre por baixo do portão do jardim até o saibro. Penso em todos aqueles pescadores de que ouvi falar naquele verão em Skagen,[75] cujo clima é tão horroroso. Eles podem ficar mais tempo nas salas, seus blusões pesados de sal e água, e então começa a pingar, primeiro da beirada da mesa ou da rendas das toalhas de mesa mais finas; então no assoalho de madeira, que vai ficando empenado, uma tábua depois da outra. As pessoas pensam, os rostos se crispam feito punhos ou cordas com aqueles pensamentos, enquanto a gente seca o chão com um esfregão e a água fria atravessa o tecido e molha a palma da mão; quando a gente torce o esfregão com força, com quem mata pombas, uma atrás da outra, e a água despenca no balde ou na lixeira, se a lixeira está mais perto, se ela é a única coisa à mão. Há um espaço para cada mulher naquele quarto. O quarto com a mesa que goteja feito um coração quase inerte que claudica, tam, tam, tam, tam; há uma infinidade de retângulos desenhados no quarto, então ninguém precisa se amontoar e todos podem morrer, por fim, no seu próprio espaço.

Levo o gato comigo em meus olhos, sala adentro. As paredes despencam, há um desabamento das linhas ali de dentro.

A MINHA AVÓ MATERNA SE ESCONDE debaixo da mesa, fica de cócoras lá embaixo, as pernas tremem; um estrondo de bomba despenca pelo céu, é uma chuva desabando no ar. Ela está sentada como que num abrigo sob um teto baixo em campo aberto, com feno azedo sob seus pés descalços, o teto ou a mesa a espreme contra o terreno, contra o sol, seus lábios entreabertos, está sentada bem quieta, não se move por nada, somente as pernas resfolegam com tanta constância, tanta insistência, que afinal também estão quietas.

Ela espera até o estrondo repousar. Na grama, no cercado, na beira dos canais; nos caixilhos das janelas, sobre a porcelana, sobre os damascos secos, as passas de uva, as amêndoas foscas e ásperas que escalavraram os joelhos, os botões luzidios, forrados de couro fosco, reluzentes feito mármore sob o couro, porém macios e gordos, uma pérola de nata congelada. Ela conta, o corpo dela espera por um relâmpago, espera por colchas de lã e um infusor de chá enferrujado mergulhado em água fervente na velha chaleira empoeirada, espera por um temporal que pode se arrastar mar afora, as nuvens feito um véu de veludo despedaçado se espraiando pelo céu que agora é como uma escura cúpula crescente do lado de lá dos vidros das janelas, nas sombras das nuvens, negras como a asa da graúna; ela está sentada num colo, chá quente com açúcar, a segurança que a minha avó materna encontra nisso. O cão nunca volta a ser o mesmo depois daquela bomba e do estrondo que ela emite; enfia o rabo no meio das pernas e treme, simplesmente não consegue se aquietar, simplesmente não consegue parar de tremer.

76 | *Josefine Klougart*

ESTOU SENTADA NO VAGÃO DE TREM à noite, ouço a Molly e as ovelhas mastigando o feno. Puxam-no do fardo debaixo dos pesebres verdes. Estou sentada na viga transversal que divide as baias, me inclinando sobre o dorso dela. Os meus dedos estão brancos de graxa e pó. Penso como pode ser triste; um aniversário, na véspera da festa de são Martinho[76] em novembro, sentar junto com todo mundo e ver aquela solidão recaindo nos rostos, entrando pelas bocas quando elas se abrem para beber algo ou dizer algo, pelas cavidades dos olhos, envolvendo os globos oculares com as pálpebras, respirando na cadência dos pestanejos. Como conseguimos nos sentar juntos e comer na solidão, cantamos uma cantiga do Cancioneiro da Universidade do Povo[77] e depois recolhemos todos os exemplares numa caixa. Fico pensando como a minha irmã mais velha preferiu não descer, mas sim ficar lá em cima no quarto; que a minha irmã mais nova está vestindo a jaqueta azul de gominho com os braços desmilinguidos nas mangas, seus dedos desmilinguidos no corrimão. Bafejando os dedos com seu hálito morno. Elas não dão a mínima bola nem mesmo quando a rampa despenca ruidosamente e se choca contra o saibro, pela simples vontade de um funcionário de partilhar aquilo comigo. Elas não entendem o significado disso. Mas os dedos delas nos punhos elas entendem, é nisso que elas prestam atenção. No seu recinto claustrofóbico particular. O recinto dos corrimãos, o recinto das mansardas. Por ali anda algo das minhas irmãs, eu compreendo, passo a passo, rampa abaixo aos trambolhões; no olhar dos meus pais, quando o Verner Mikkelsen solta a corda e a empurra para fora. E não se trata de um tonel das danaides, sabemos, não há uma quantidade infindável de atenção; o lugar de que me ausento já está praticamente abandonado, lembra um rio seco com patéticas ilhas de tufos de grama amarelada que cruzavam as cidades do sul da França no verão que passamos lá. Quase não passamos

Ascensão e queda | 77

nenhum tempo juntos, não há absolutamente nada que a gente possa fazer, ou seja, quando o meu pai não chega cedo em casa conforme o combinado, porque afinal não tem como; quando a minha mãe trabalha até tarde da noite nas pastas de arquivo e colunas, ficando com olheiras enormes na manhã seguinte.

Tento me sentir solitária, mas aquele sentimento nunca se transforma propriamente em solidão. Apenas estou sozinha em frente ao vagão de trem uma noite, com graxa embaixo das unhas, vejo as copas das árvores contra o céu ao fundo e a cerca elétrica solta uma pequena faísca na parte em que o isolamento está em farrapos e o fio entra em contato com um dos troncos. Fico matutando se é possível que aquela árvore pegue fogo. Imagino isso, que eu subo até lá de manhã e vejo o toco de árvore que sobrou, carbonizado.

A Molly ainda não se sente em casa, fica parada e pega emprestado o seu lugar no vagão de trem e na campina que alugamos do pessoal do bosque de Provstgård;[78] ela é uma estranha, como a primavera é uma estranha para o inverno, os bulbos que brotam verdes em meio a uma camada pesada de folhas úmidas nos canteiros e debaixo da faia no pátio da frente, logo as anêmonas do boque de Kalø,[79] os jacintos que ficaram nos caixilhos das janelas e cresceram titubeantes, até não conseguirem mais manter o equilíbrio nos vasos altos de jacintos.

Na casa da minha avó materna em Risskov há uma macieira. Ela ocupa completamente a parte mais extrema do pátio do fundo da casa, deixando espaço apenas para um pavimento estreito de cacos de azulejo à sua esquerda. Uma formiga caminha em cima do meu pé direito. Eu a esmago com o meu pé esquerdo. Sento-me na grama, cuspo num dos meus dedos e limpo aquela mancha no meu pé. À uma hora da tarde, as sombras despencam em frente à macieira no pátio dos fundos. Tínhamos almoçado juntas na mesa do jardim, eu lavei os pratos, pesquei com o dedo os restos de cebola e alcaparras do filtro de resíduos da pia da cozinha. Esqueci o meu copo sobre a grama, os rastros deixados pelo leite lembram cristais de gelo no vidro de um cebolão que alguém perdeu no meio da rua durante uma friagem, quiçá uma friagem já bem entrado o mês de abril, quando dizemos que as friagens são uma surpresa, e também como uma friagem montada nas costas de todas as geadas noturnas do inverno, aqueles dias em que a temperatura fica com o rabo entre as pernas abaixo de zero, um relógio recolhido por uma criança que esquece as suas luvas de crochê na calçada. Completamente enfeitiçada por aquele relógio.

A macieira cresce, o tronco é quase impossível de se ver, as maçãs jazem no solo em setembro e apodrecem no escuro debaixo das folhas da árvore, na sombra que elas fazem. E elas caem, as sombras, feito folhas, ramos abaixo, o sol atravessando as frestas do chapéu de palha que a minha mãe pega emprestado da minha avó; até as bochechas dela, até as mãos delas, os dedos na água de cozimento das batatas na panela. Uma casca de batata fica grudada na faca, ela a segura com os dentes e a puxa da lâmina, cospe a tira de casca na grama e já vai seguindo adiante, o outro lado, a ponta da batata, a próxima. Dessa forma, ela está o tempo toda fazendo pelo menos uma coisa por vez, a minha mãe, ela está sempre num frenesi, como na neve soprada pelo vento que atravessa a estrada até Vrinners, que vai ficando

Ascensão e queda | 79

cada vez mais intransitável, há uma intransitabilidade nela, uma trepidação nos movimentos, ela nunca consegue ficar parada. Me torno uma estranha para ela, parada ali na grama. A fuga que há nela, o fato de cada movimento ser um trabalho para ela. E está exausta até a pescoço, até a cabeça, enquanto eu apenas suspiro e busco a sensação de vazio que o trabalho traz, e essa busca em mim possui uma cadência e é capaz de sincronizar-se com o mundo, conferindo assim algum sentido.

Sei que ela não pode se dar ao luxo de sentar a meu lado na grama, e também sei que essa afobação em mim também é dela, mas sempre de uma maneira estranha. Esse é o corpo que compartilhamos, e ao mesmo tempo uma amostra dela; como um estranho num banco certa noite.

Da terra elas engatinham, as heras, plantas trepadeiras, se agarram nos galhos da macieira que pendem do tronco como braços compridos dentro de mangas molhadas, despencando na terra pesadamente. Dessa forma, toda a parte rasa do jardim infiltra-se em si mesma, com num porão frio. E da mesma forma que nos abrigamos num porão, nos abrigamos debaixo de uma árvore, e então o inverno pode chegar, as nevascas que revelam a cadeia que uma árvore é, esse cárcere de galhos; os jorros d'água que saem do meio do tronco, viram gelo, viram ferro, viram barras, uma jaula enorme.

Um frêmito se espalha pelo jardim quando a minha mãe se levanta do banco. Ela tira o chapéu de palha e o coloca ao lado da panela com as batatas e as cascas de batata, seca as mãos no vestido, vem até a árvore e se estica para pegar a minha mão. Vem, ela diz. Os lábios dela parecem completamente verdes contra a luz, os olhos dela brilham como as maçãs nas tigelas e nos baldes, as maçãs enceradas. Caminhamos juntas pela passagem e pela rua, batemos na porta da família Aakjær, na casa em frente, descemos dois lances na escada, um lance até a nossa família, outro até os vizinhos, e chegamos ao terceiro lance, bastante encabuladas. Pedimos emprestado um descascador de batatas, voltamos, agora eu também posso ajudar. Ela parece melhor, ouço a minha mãe comentar com a minha avó. Acho que ela voltou a cozinhar. A minha avó acena positivamente com a cabeça, aliviada, fechando os olhos.

Descascamos as batatas praticamente no mesmo ritmo, quase com a mesma velocidade. As batatas reluzentes caem na panela com água turva, somem completamente dentro dela. Coço a testa com o cotovelo, não paro de descascar, e o suor escorre de mim, está calor. Descascamos todas as batatas sem dizer sequer uma palavra; quando acabamos, a minha mãe enfia as mãos no fundo da panela e ergue, com os dedos feito dentes tortos de um ancinho enferrujado, a camada de batatas que estava no fundo, as cascas e os pedaços de batata ainda verde, imprestáveis, para verificarmos se deixamos alguma batata escapar. Ela entra para lavá-las, eu me levanto com ela, mas fico ali parada suando debaixo do sol. As minhas mãos estão pingando, delas até o chão, de repente elas ficam grandes demais; e sou um rastro num muro ao sol da tarde, sou um desastre, a minha blusa de mangas curtas se enrola, fica atravessada sobre um dos ombros, há sempre sujeira embaixo das minhas unhas, há sempre um fio de cabelo, uma mancha de pasta de dente, de geleia, quase lavada, mas não completamente. Há sempre aparas ressecadas caídas do apontador no meu estojo, algo inconcebivelmente desajeitado na forma como os meus cadarços estão amarrados, na forma como eu cresço, como sou desleixada, os meus braços são compridos demais, as minhas pestanas claras demais para poder emoldurar qualquer coisa, sou uma enxada larga demais para caber nos canteiros da horta, sempre tenho que me esforçar em dobro; entusiasmada com o trabalho, com um desassossego que se torna parte de mim.

Ascensão e queda | 81

VIRAMOS AO MESMO TEMPO A PÁGINA atrás das groselheiras, andamos de mãos dadas numa cadência, a Pernille vai mais rápido, precisa esperar um pouco até nos olharmos mais uma vez, trocando um aceno praticamente imperceptível com a cabeça, como um sinal, antes de outra vez folhearmos o livro, até lermos a última página de *Uma casa na floresta*.[80] Leio o final duas vezes antes de levantar a cabeça; simplesmente não consigo parar de ler o livro. Ela dá as costas, diz que o livro é bom, que na verdade é muito triste que a gente tenha terminado de lê-lo. Dobro o joelho e ergo a perna da toalha de piquenique, às minhas costas e debaixo de uma groselheira, pego um cacho praticamente maduro de groselhas com os dedos dos pés, puxando até o cacho cair sobre a toalha de algodão. Começo a ler de novo o último capítulo do livro, não sei o que dizer, é como se tivéssemos visto alguma coisa que não era para o nosso bico, um velho tirando a roupa em seu quarto, andando pelado pelos corredores da clínica geriátrica, pois não entende que não mora mais sozinho na sua casa, como as salas de estar se prolongam por ali, salas de estar que se abrem feito as voltas do labirinto que é aquele corredor. As groselhas não fazem mais sombra, já chegou a tarde, o sol está num lugar diferente no céu, a luz é uma luz diferente, mais melancólica. Nenhuma de nós duas diz qualquer coisa, nossas cabeças pesando de sede repousam feito girassóis colhidos com os braços feito talos, as cabeças escuras de tanta semente. A Pernille olha para mim com uma paciência animal, uma prudência norueguesa, igual à de um cavalo fiordês[81] voltando pelo campo arroteado. Não consigo determinar se é pela maneira como o livro acaba ou se é pelo próprio fato de haver uma última página naquele livro — estou um pouco absorta, à flor da pele. Sacudimos as toalhas de piquenique para remover a grama, as groselhas de repente se tornam uma nuvem de moscas que caem. Dobramos as toalhas de piquenique, quase congelamos naqueles ladrilhos frios antes de as guardarmos com capricho na prateleira em cima do cabideiro e das roupas da minha irmã menor, todas as caixas com os sapatos da minha mãe. São sapatos demais, são tantos pares que ela nem de longe chegou a usar todos.

Vamos até a cozinha e preparamos dois copos de refresco, bebemos na escada da frente enquanto jogamos pedrinhas brancas na estrada, uma atrás da outra. Não nos dizemos mais nada naquele dia. Apenas olho fixamente à minha frente, ofegante, na direção da passagem. Lá em cima, em frente à divisa entre os pátios, corre atrás da estrada uma passagem que conecta, mais exatamente, a nossa casa e o cemitério. A porta da frente da nossa casa fica exatamente defronte do portão duplo de ferro que leva ao cemitério. A Pernille só pensa em voltar para casa.

AGUARDAMOS A PRIMEIRA GEADA; que irá se depor sobre as raízes das árvores, subir pelos troncos como um homem que apenas com muito custo se levanta depois de cair no meio da rua, em frente à mercearia em Tved;[82] a geada irá alcançar os galhos, irá alcançar as folhas, e elas irão se soltar e ceder. Amarelas, vermelhas, elas irão cair, uma por uma, várias de uma vez só, com as rajadas, com a ventania; são plumas arrancadas de um ninho de andorinha forrado sob a calha na empena do lado leste da casa, manchas reluzentes de amarelos e vermelhos que dançam impetuosamente através da escuridão tenebrosa da sede da propriedade, estendida como uma vela entre as fileiras de casas.

Elas dançam pelo jardim, chocam-se contra o vidro das janelas do estábulo feito bofetadas abruptas. A geada emoldura as janelas. E isso enquanto aguardamos a neve, salpicos brancos que dançam, e o mar leitoso como uma nuvem de pérolas inchadas, a cada braçada um colar que cede, e as pérolas que explodem a escuridão. Aguardo esse silêncio. Pequenas bolhas de silêncio absoluto, um silêncio prolongado, que não seja nada além de exatamente uma pausa de tudo ao mesmo tempo; as árvores, os ninhos, as camas, os baldes, os animais que ficam sossegados no estábulo e repousam uma pata traseira de cada vez, primeiro uma e depois a outra; os garfos e as facas nas baixelas sobre a mesa da cozinha, a roupa de baixo nas gavetas, os saquinhos de lavanda, as urzes desfolhadas e as raízes retorcidas dessas mesmas urzes na areia, os seixos na praia, o arroio seco como um rasgo na encosta, os sulcos entre as sobrancelhas, as mãos molengas amassadas debaixo do travesseiro, os olhos feito ovos por trás das pálpebras, flácidas e translúcidas.

A minha mãe suspira, saímos pela estrada vicinal acima na direção da colina de fogueira,[83] ela diz que se sente só. Amarro a gola do meu macacão bem apertada. Como ela precisa implorar tudo para ele, sempre; ela detesta o olhar que recebe de volta, é como um presente dado apenas por obrigação e assim é entregue, forçado. Quando os encerados que cobrem as pilhas de lenha se soltam, quando ficam rasgadas e a chuva se infiltra entre as pilhas, quando ela pede a ajuda dele, pois é algo que deve ser feito por duas pessoas; não são as tempestades de outono, nem a chuva, nem as pilhas, as lareiras, o frio, nem ele, mas sim um castigo, e ela numa sumária roupa de estopa, ditatorial, decidindo a punição, executando-a. Ir de carro levar uma carga de tábuas e caixas velhas à estação de reciclagem em Vrinners se torna um castigo que se segue a uma sentença injusta, uma Romênia particular para ele; que o assoalho da sala precise ser lavado é uma forma calculada de deixá-lo de joelhos. Ela vai cada vez mais rápido, o mirrado cone de luz da lanterna bordeja na estrada à nossa frente como um inseto num vidro de geleia. Entendo isso muito bem, digo, dou a ela um ponto de apoio a partir do qual prosseguir, um afago na altura dos cabelos. Como graças ao trabalho, ela diz cabisbaixa, às aulas, ele se exime eternamente de participar de corpo e alma da nossa vida aqui; uma pisada nos pedais, ela percebe, que faz a bicicleta percorrer alguns metros. Há sempre tanto, tantas coisas que cuidar; todas as coisas que só enxergamos depois que se esgotam, transbordam, entram em curto circuito e ardem. Um lar é assim. Ela diz. Sempre há *algo*. E eu aceno positivamente com a cabeça, concordando, tenho vontade de secar o buço com o dorso da mão, mas não consigo me animar para tanto; em vez disso, apenas aceno com a cabeça, pego a mão dela, maldizendo em silêncio aquelas luvas desajeitadas. Ela diz que é tão bom, é tão bom ter a mim na vida dela. Sim, eu retruco, e noto como a saia cai em volta de uma das minhas pernas sobre o macacão, enfunando-se em torno do joelho. Estou tão infinitamente cansada, quero voltar para casa e cair na cama debaixo da parede inclinada no quarto da minha irmã mais velha, ouvir ela ler ou cantar, ouvir como ela diz o meu

Ascensão e queda | 85

nome inteirinho, *boa noite, Josefine*; que essas sejam as últimas palavras nessa noite que realmente pode ser noite, que a lareira pode se apagar, a casa se tornar fria ao amanhecer, os quartos, um por um, como uma casa de veraneio vazia, sem sons, os móveis cobertos de lençóis.

A TOALHA DE MESA ENCERADA GRUDA no meu braço, olho para baixo, ergo-o com cautela, apenas alguns centímetros, vejo a toalha de mesa subindo junto — erguendo-se como uma barraca modesta num campo; os soldados que podem se encolher dentro dela durante dias a fio em volta de lampiões à óleo e fatias grossas de pão dormido, cartas das famílias, diários repletos de poemas e palavras, e nenhuma outra palavra naquela barraca além dessas, precisamente. A toalha de mesa é como uma corrente que gruda num pescoço quente, feito estrelas--do-mar nas pedras de um molhe, quando estou sentada e jogo pedrinhas brancas na água feito pão para os patos no Jardim Botânico,[84] pão para os patos e os cisnes e os galeirões no lago Peblinge.[85] E percebo que é tão difícil manter o fôlego aqui à mesa da sala quanto pode ser debaixo d'água, quando estou aprendendo a mergulhar de olhos abertos no lago Lange,[86] com a revelação que isso me traz, com a sede que aprendo poder existir nos pulmões, o peso tenebroso quando a gente se entrega e aspira água, em tragos pesados, os pulmões feito poços, câmaras cardíacas, os cômoros ao longo da costa ocidental, cômodos no porão. Então, a minha mãe diz. Inclino a cabeça para trás, vejo uma copa de árvore à minha frente, uma gengiva como um céu com linhas feito galhos, feito estrelas, os fios desenhados entre elas. Espicho as pernas debaixo da mesa e toco o tronco da árvore com os dedos dos pés, sinto as folhas, suas sombras, a claridade entre elas, verde clara, sobre o rosto, e a minha mãe acaricia a minha bochecha, então, ela diz e depois pergunta se vamos tentar. Nos entreolhamos e ela sorri como uma ferida escancarada e limpa, vejo outra vez a mão dela na minha bochecha ruborizada, outra vez os seios dela quando ela se inclina sobre a mesa. Olho para o gravador que está entre nós duas, imagino a história que ela quer que eu conte, parece um triângulo violeta com bordas desgastadas, nunca vou

Ascensão e queda | 87

chegar além disso, e imagino formas geométricas tão precisas quanto as palavras, incluindo listas e frases inteiras. Ela aperta os dois botões centrais, então vamos gravar, ela diz. Olho bem nos olhos dela com as minhas pálpebras pesadas de pranto. Domingo, onze de outubro de mil novecentos e noventa e dois. Acho que não consigo dizer nada, não agora. Apenas agito a cabeça, mas de uma forma totalmente calma, furtivamente. Hoje foi um dia terrível, ela diz e acena a cabeça positivamente. Fico pasma de ela não ver nada daquele tremor invisível da cabeça, ou senão isso, os olhos, as bochechas, simplesmente a ponta de um casaco no canto, como mera intuição. De que dia foi esse. De que se deva dizer algo a respeito. Acho que não consigo dizer nada. Olho para a toalha de mesa e conto as quadrículas, ouço ela contar com todas as pausas possíveis, todos os convites, perguntas, arremessos de ovos que simplesmente deixo se espatifar na mesa à nossa frente, a forma como são cada vez mais ovos em volta do tronco, as claras escorrendo pelos anéis de crescimento. Ao terminar a gravação, ela pega a minha mão. É bom, não é todo fim de semana, ela começa, que a gente perde metade de um incisivo. Então, realmente não vale a pena ir até o aquaparque, dirigir todo o trajeto até a Jutlândia do Norte para escorregar nas malditas escadas de metal. Ela espera que eu acene positivamente com a cabeça. Aceno positivamente com a cabeça. Penso nas tubulações fechadas e seus urros, seus estrondos e ribombos ao descermos até a piscina e a cobertura é descascada como uma colcha arrancada de cima de alguém que dorme, uma fruta torcida e dessa forma partida feito pão, os sons que agora conseguimos ouvir claramente, a água, todos aqueles braços e pernas na água que mal consigo ver, pois me concentro em manter os olhos aberto naqueles segundos; as borbulhas, a claridade, isso vale a pena qualquer coisa, é isso que ela não entende que não quero trocar por nada. Corremos de carro até o pronto-socorro com o fragmento de dente num saco para congelar com água salgada. Está morto quando chegamos lá.

Desço do carro em frente à casa, quase esqueço o meu capacete de equitação, mas me lembro por pouco e escuto a porta do carro batendo às minhas costas. Dou uma olhada em volta e há algo de estranho na minha casa, não há a menor dúvida. Há algo anormalmente estranho em todas as sombras, uma insolência nas pedras, nos pedúnculos, na forma como as heras trepam no muro. Porém, não há nenhuma bicicleta estranha. As rosas não foram podadas, nem tampouco a cerca-viva, a pereira doente ainda não foi derrubada, a pilha de árvores velhas tratadas não foi levada à estação de reciclagem em Knebel, não consigo ver o que é, não há bardana alguma na manga, tudo está liso. Mas vejo que nenhuma janela ficou aberta, também vejo que nenhum carrinho de mão ficou no saibro na frente da casa, ali onde outrora tínhamos um jardim, antes de os carros chegarem vejo que ninguém está parado na porta nem passa diante de uma janela como mera sombra; que a própria sala do lado de lá dos vidros das janelas, todo o trajeto sob os beirais, está vazia feito os olhos de uma raposa morta. E nenhuma pá de jardinagem está fincada nos canteiros de rosa, não há nada de evasivo nisso, não há movimento algum, avalancha alguma por ali, não como de costume, praticamente um despencar.

A minha mãe dançou com seus sapatos altos de verniz preto, que reluzem ou em todo caso são reluzentes, não foram mesquinhos ao engraxá-los. Ela dançou durante boa parte da noite, eles foram àquela festa naquele hotel, estiveram naquela recepção, comeram daquele bufê onde havia cisnes esculpidos em gelo. Atravesso lentamente a área de serviço, um cômodo depois do outro, até que ela está ali para mim, deitada na sala. Ela tem um dos pés erguido, apoiado numa torre de almofadas e colchas dobradas. Ela nunca sente frio, mas agora está ali deitada, coberta com uma colcha, acho que ela está dormindo, acho que nunca mais vou voltar a vê-la tão divertida, ela está como que anestesiada de melífluas desculpas. Caminho de leve até ela e levanto a colcha, ela está roxa até o osso. O pé está torcido, ela me diz, abre os olhos, pega a minha mão e me puxa em sua direção e me dá um beijo. Talvez leve semanas, ela diz. Não sei quanto tempo terá que passar para que a perdoe por tudo que ela causou ao nosso lar: tudo está um pouquinho errado, tudo é pele amassada que pende flacidamente; ajudo-a a procurar um par de sapatos que ela consiga calçar. Sinto náuseas com o ruído que eles fazem quando ela cambaleia em volta, algo retumba em mim e se mistura com o ritmo próprio do meu coração, do meu sangue; me sinto enjoada por um bom tempo com aquela subversão da ordem estabelecida, fico totalmente nauseada num átimo por isso ser o suficiente.

A Elna da Casa do Lago esteve em Århus. Esteve em Randers e também em Kolind,[87] mas só algumas vezes, e ela lembra de cada uma dessas idas, como se fosse ontem; ela lembra das alamedas, da estrada de saibro, do ônibus, das ladainhas que ela, sentada no fundo, inventa para não esquecer de nada, das sandálias ou dos sapatos de cadarço, daqueles recém-engraxados, de ela contando nos dedos, outra vez do início, das moedas mornas no bolso, depois nas suas mãos fechadas, depois avulsas no bolso outra vez. Os lábios dela estão totalmente flácidos, as pálpebras dela como vagens, os lábios também parecem vagens.

Tenho tanto medo de não dar conta de tudo, ela diz, ou de esquecer de fazer algo, de comprar fita crepe ou bicarbonato de sódio, de ir ao correio para enviar o pacote para o pessoal de Mors,[88] tenho medo de perder o ônibus na volta, perder a noção do tempo, como tão facilmente se pode perder com a vista de todas as janelas, essa fileira de espelhos que percorre a cidade e o tempo todo duplica as casas e beirais e toldos, e que tange o tempo, como o arrendatário da sede pastoral a cada dia tange as casas — rampa acima, redil adentro, curral abaixo, campo afora! — uma tropelia reiterada pelo voo das andorinhas sobre a sede da propriedade e que no outono também será o voo dos grãos quando despencam do silo dentro das sacas.

Escrevo uma lista atrás da outra, o caderno de anotações preto brilha entre as cantoneiras foscas, vermelhas, trago-o sempre comigo, quero tê-lo comigo sempre. Mostro uma das listas à Elna. É uma lista das plantas que conheço, das plantas sobre as quais eu mesma posso *decidir*. Os olhos dela são ternos, penso, olhos ternos, azul-claros, brilhantes. Então mostro a ela a página seguinte. Uma lista das cidades onde já estive, e a próxima; uma lista com diversas datas escritas por extenso, mês, ano e dia da semana, é uma lista das noites em que dormi sozinha no meu quarto.

Os dedos dela descascam vagens sem parar, ela se inclina sobre a tigela para ver como está indo.

Viro uma folha, depois outra; uma lista das estatuazinhas de vidro que tenho na prateleira sobre a gaiola do hamster: o menino com as maçãs, a senhora francesa, a galinha. A senhora francesa, ela repete. Aceno que sim com a cabeça. Ali está uma lista dos livros que já li, uma lista dos livros que possuo, volto a folhear a próxima; uma lista das coisas com que já vi as nuvens se parecerem, uma lista dos diferentes tipos de clima que consigo imaginar e explicar sem maiores delongas, uma lista dos nomes das amigas que a minha irmã trouxe à nossa casa depois das aulas, um lista dos aniversários que comemoramos, as datas e quem de nós era o aniversariante, uma lista dos pratos que comemos nas diferentes festas de aniversário. Outra lista consiste dos nomes dos convidados que compareceram, outra dos nomes de todos os que foram convidados, os nomes que vejo a minha irmã escrever sentada à mesa junto à janela. Nos envelopes de papel reciclado com flores secas. Sei lá como é possível fazer isso. Mostro a ela uma lista de flores pequenas, uma lista de flores com penugem nas folhas, uma lista de plantas e flores que levam o nome daquilo com que se parecem: campânula, língua-de-ovelha, gota-de-orvalho, orelha-de-urso, planta-jarro, orquídea-cara-de-macaco, boca-de-leão, espada-de-são-jorge, brinco-de-princesa, sapatinho-de-judia, copo-de-leite, dinheirinho. Ainda estou em dúvida quanto à flor-batom.[89] A Elna acena positivamente com a cabeça, joga fora as cascas de vagens e continua folheando o caderno com seus dedos verdes, ela praticamente encampa o meu livro com o seu entusiasmo, e tento me antecipar, pegar antes dela os cantos do caderno. Deixo um dedo correr página abaixo, aponto cada nome para ela, ela sorri. Que bacana, ela diz, acaricia o meu cabelo, segue descascando vagens, acena positivamente com a cabeça. Essa é uma lista das

Ascensão e queda | 93

praias onde estive. Uma lista das coisas que penso em dar à minha irmã menor, mas que ainda não sei bem se não iria sentir a falta. Algumas coisas estão canceladas com um traço, coisas das quais me dei conta que jamais vou conseguir me desfazer, por mais que quisesse — ver a alegria dela ao recebê-las. Essa aqui é uma lista das coisas de que me arrependo de ter dito, essa outra das coisas que me arrependo de ter feito, essa outra das coisas que eu gostaria de esquecer. É tudo uma lista só, por enquanto é uma única, uma versão simplificada. Claro. Fecho o caderno de anotações e coloco a minha mão esquerda espalmada em cima dele, derretida sobre a encadernação preta envernizada. Tomo um gole do meu refresco, que esquentou debaixo do sol. Ela segue descascando as vagens, e não tenho dúvida alguma, ao ver aquelas mãos, de que ela também adora listas, do sistema que há nas coisas, que ela também entende que as listas são importantes, não o porquê de o serem mas o simples fato de que o sejam.

Os CAVALOS INCLINARAM AS CABEÇAS, espichando bem os focinhos até alcançar a grama sob a cerca, há uma destreza absolutamente incrível naqueles lábios delicados, naquela epiderme, os pelos finos se erguem quando eles pegam a grama com um estalo oco sob os silvos da grama-francesa. O Erik praticamente acaba de esticar o cabo, trocar por novos os sinos de cerâmica trincados, os moirões estão ali em pé, brancos e reluzentes feito crismandos com mãos grandes demais vestindo roupas novas e engomadas, os relógios de pulso enormes nos pulsos magrinhos e de cabelos realmente recém-cortados. Os pregos velhos se mostram bons o suficiente, ao menos a maioria deles, alguns se partem quando ele tenta extraí-los com o alicate ou com o martelo de carpinteiro que encontrou no piso de concreto debaixo da prensa; alguns pregos vergam feito argila pura quando ele tenta martelá-los através dos sinos novos e nos moirões, amolecidos, corroídos pela ferrugem, ossinhos desbastados até a medula fina e tenra feito um dedo, o miolo doce de uma cenoura. Os dedos do Erik, com aquelas unhas chatas nos polegares, ficam cor de laranja de tanta ferrugem, que também se deposita nas linhas e nas dobras da palmas das mãos, feito estradas desenhadas num mapa; uma frincha cor-de-laranja também nos cantos da boca, nos lábios, escorre, pinga desde o queixo quando ele bebe água da torneira em frente à janela do estábulo. Ele enxota os cavalos *nordbagge*,[90] já acabou de fazer a sua higiene bucal e não quer nos mostrar a dentadura, disso as senhoras não vão me convencer não. A Tina é voluntariosa, ele diz, é preciso ganhá-la no cansaço. Contudo, ele é ainda mais obstinado do que ela, conhece aquela raça de éguas da Noruega, no fim elas acabam entregando os pontos. Na escuridão do estábulo estão as carruagens enfileiradas, ele tem pelo menos quatro, um charabã, mais um charabã holandês, totalmente polido como uma noite clara. Mas o faetonte é que é o xodó dele. O faetonte é que é

Ascensão e queda | 95

o xodó das éguas, é praticamente uma extensão do corpo delas. E o Erik também imagina o faetonte como uma extensão do *seu* corpo; uma perna passível de ser compartilhada, pelas éguas e por ele. Como as estradas são de propriedade coletiva, a carne e o sangue são coletivos, as estradas em torno de Sølballegård,[91] as cores. A Pernille e eu nos arrastamos por baixo da cerca, seguimos em direção ao rio, o capão de árvores, a sombra embaixo da qual os cavalos estão agitando as cabeças; com moscas no canto dos olhos, os focinhos cinzas, os lábios inferiores que pendem indolentes.

Levo ambas as testeiras atravessadas sobre o peito, a Pernille chora em silêncio, isso mais tarde, quando estamos voltando para a propriedade. Traçamos uma linha entre as encostas, há sangue na areia feito pérolas na areia, joias extraviadas na areia branca e fina, gotas de suor ou lágrima ou olhos negros esféricos que não desaparecem, não afundam. Mantemos o olhar diretamente no beiral e não consigo esquecer que falta todo um naco do braço da Pernille, que a carne tem um aspecto totalmente alvo bem adentro no corpo. A terra irá engolir aquelas pérolas. Olho para trás, a Lotte foi engolida pela sombra, penso em voltar e procurar o naco do braço da Pernille, deve estar caído na areia em alguma parte, equilibrado na crosta terrestre, já saciada. Pergunto a ela se devo fazer isso, voltar para procurar, mas ela sequer olha para mim, não se vê sequer um frêmito no pescoço dela, tampouco no olhar dela, ela anda encurvada, cambaleando acima na direção da propriedade. É o único consolo que consigo encontrar, a única coisa que posso oferecer a ela, tenho as minhas mãos desesperadamente vazias. Pensei em dizer algo sobre os cardos, mas não sei o quê, não sei que tipo de consolo poderia haver nos cardos, tenho apenas a intuição de que isso poderia servir de algo. Abro o portão para a Pernille passar, apesar de o arame estar esticado bem firme, e fico na dúvida se vou conseguir fechar depois de entrarmos; ela não deve esfregar a ferida na terra, é assim que deve ser. A Lotte é assim mesmo, o Erik também diz, posso sentir esse tipo de coisa, ele diz, é inevitável. O mesmo vale para os cavalos que chutam, para os blusões que pinicam, para as meias-calças que escorregam, para os grãos de areia que nunca invadem uma ostra e por isso jamais vão se tornar pérolas; a forma como o sol jamais bate nos cantos, o calor seco que nunca faz nos jardins das propriedades, que nunca se tornam jardins ingleses, não há nada que se possa fazer, há tanta coisa, mas nenhuma paciência grande o bastante.

Ascensão e queda | 97

HÁ UM DELEITE SINGELO CONTIDO no ato de seguir fabulando, repetir as palavras para si mesmo até que elas não consigam mais ficar em pé por suas próprias pernas; todo esse movimento existe e é como um bordado em ponto cruz, que não se pode continuar abaixo do padrão pré-impresso em cores austeras e comedidas, cores puras, um arranjo de flores, uma paisagem com linhas forçadas, como desviar de um rosto, evitar um beijo que apesar de tudo acaba terminando como uma espécie de beijo, um beijo na bochecha por exemplo, um beijo que se consegue apenas odiar por sua esqualidez; com uma espuma surgem os botões de rosa, as sépalas, as pétalas, uma dúzia deles, encurvados; madressilvas, corriolas, dálias e hortênsias em dois tons de azul, um como o de um corredor de hospital, um azul de batizado, um azul como a sombra embaixo do forno, entre os vidros de geleias ou conservas caseiras.

Colhemos mirtilos em escorredores brancos, lá embaixo entre os cômoros, a minha mãe e eu. Ela sabe a diferença entre as camarinhas, *camarinheiras*, como ela diz, e os mirtilos; como também sabe diferenciar na hora um cogumelo amanita branco de um agárico, mesmo quando eles surgem na relva feito um ovo; ela sabe a diferença entre os cantarelos[92] e os falsos cantarelos;[93] todas as diversas formas em que palavras se deixam dizer, seus diversos significados secretos. Uma palavra nunca é apenas uma palavra, ela diz, olhando para a casa de veraneio lá no alto — vista do mar, às nossas costas — elas sempre possuem, por mais que tentem nos iludir do contrário, uma vontade oculta. Em todo caso, na maioria absoluta das vezes. É isso que ela observou. Nossos escorredores são duas manchas brancas num mapa violeta e verde, são dois olhos na paisagem; mas as palavras nem sempre, isso eu sei, são enganadoras. Há palavras honestas, acho, palavras verídicas e frases feitas de palavras verídicas, um monte delas; comigo-ninguém-pode, silêncio. O som dessas palavras. Ela prossegue, me explicando que há muito mais, que há tantas diferentes camadas no que é dito. A minha mãe está só na paisagem, inclina-se sobre o seu escorredor, em cujas bordas os mirtilos se arrastam feito pupilas crescendo no escuro. Quando ela não consegue mais ouvir as palavras, quando as palavras não conseguem sequer deixar a sua própria boca, nem sequer ultrapassar os domínios daqueles lábios roxos, quando ela sequer consegue ouvir a si mesma, então já não se pode mais alcançá-la; então ela pode brindar, degustar todo o seu deleite, a sua visão aguçada que não se deixa vencer pela integridade que pode haver nas palavras.

Ela se basta, no seu próprio âmbito, consigo mesma, com essa carícia em si mesma num solitária e engenhosa descoberta do mundo.

Colhemos mirtilos até nossas unhas ficarem pretas, nossos dedos violetas, púrpuras os meios dos dedos; até nossos dentes, nossos lábios inferiores ficarem azuis.

Ela descobre outra vez o meu pai.

Ela descobre um novo quarto no qual confluir, no qual uma aldeia inteira poderia ser convocada para fuxicar em coro; e as paredes despencam o tempo inteiro nesse espaço. Voltamos à casa de veraneio, o meu pai veste um avental, tem um pão assando no forno para a nossa geleia de mirtilo. Ele já tirou a manteiga da geladeira e a colocou sobre a mesa para que amoleça. Ergue os olhos, abre a porta do forno, parece um cão de tão alegre que fica de nos ver, cinge a minha mãe pela cintura ali mesmo na porta, não é maravilhoso, ele pergunta. Resgata o colar de pérolas debaixo do mosquiteiro nos cabelos da minha mãe e das costas dela. Beija a bochecha dela, e eu penso nas palavras que ela ouve ele dizer, as palavras que ela procura detrás do beijo, detrás do mosquiteiro, as palavras de que ela fala, elas com as quais ela não consegue deixar de destruir um quarto atrás do outro. O meu pai sai correndo e bate a porta do forno, é tão bom que ele

Ascensão e queda | 99

não diga mais nada, apenas sorria por um instante. As palavras que repousam agora no fundo da boca e deixam de ser ditas são todos aqueles biscoitos caseiros no velório da minha avó materna na casa paroquial, aquela massa gordurosa impossível de engolir e que de repente se converte num animal vivo na boca e ao mesmo tempo um cadáver carregado nos ombros pelos campos nevados até em casa. Isso é bom, acho, não há razão alguma para empurrá-los adiante, não há razão alguma para forçar ninguém; há quartos saturados, há quartos que são como velas de sebo, conseguem lidar com uma quantidade determinada de sebo derretido, exatamente a quantidade de sebo derretido que o próprio calor da vela cria, é impossível derramar sebo sobre uma vela acesa, ele escorre, começa a pingar, transborda na mesa feito bolinhas, vira granizo no piso, feito uma guerra, um estrondo estertoroso de devastação, uma mesa que não consegue mais ficar em pé, quatro pernas, cada qual com uma altura diferente, um eterno equilíbrio de suspiros, uma queda que o tempo inteiro é adiada, é praticamente insuportável.

COMEÇO UM PAI-NOSSO DESDE O COMEÇO sem conseguir consumá-lo, fazê-lo se infiltrar em mim; é como uma clavícula deslocada que precisa ser colocada no lugar, e cada vez que aprendo, aquilo fica pior, sou um pássaro com uma asa quebrada, estou deitada debaixo da parede inclinada, sou um pássaro no piso de azulejos embaixo da janela. O pão é a única coisa que consigo notar; *o pão nosso de cada dia*, e vejo os dedos finos que pescam migalhas através da casca, olhos vorazes, bocas abertas nos ninhos debaixo do telhado do estábulo, que todos gritam a partir de seu próprio corpo, que todos os corpos se igualam dessa forma, disfarçados de máquinas. Afasto o edredom para um lado e apoio os pés na parede inclinada, fico deitada assim com as mãos juntas e a boca aberta e olho para os rostos contorcidos que são os nós da madeira. Começo desde o começo, tento imaginar o céu. Quanto mais lentamente penso nas palavras, mais som eu as concedo, quanto mais claro o pão se torna à minha frente, o seu aroma, imagino-o no meu bolso, desfruto da segurança que dá trazer consigo uma fatia grossa de pão, que te alcancem uma fatia grossa de pão. É simples, da mesma maneira que uma paisagem pode ser simples. E quanto mais simples, mais sinistramente transparentes as demais palavras se tornam; uma missa transparente, que escorre pela parede do estábulo como o suor que escorre pelas costas; e então a parede inclinada começa a me empurrar contra o colchão, que logo parece um mero lençol estendido entre duas árvores do jardim. Bato pé, decidida como um cavalo que corre para fora da cavalariça sem medo de ficar encurralado entre os pilares, entre os outros peitos e as paredes do estábulo. A lua joga no chão as suas janelas de claridade fria, um automóvel engasta mais janelas no quarto como um bando de aves que projeta uma sombra sobre uma ruela, são uma centelha de luz vinda de um farol que mantém as mulheres dos pescadores acordadas madrugada afora. Há, eu acho, palavras, que se deixam ver. Há olhos de peixe. No entanto, os retângulos também existem enquanto palavras, com um som diferente do som de uma estaca cravada na areia molhada; há palavras como tentação, há culpa em forma de palavras, e elas escorregam pelas mãos. Penso naqueles olhos de peixe. Estamos na cozinha, a minha irmã mais nova parece pálida com seus cabelos escuros feito um véu de monja, uma moldura; nos deixam brincar com o bacalhau. Desde que a gente não estrague a carne, podemos fazer com ele o que nos der na telha. E não sei qual de nós teve aquela ideia com os olhos, talvez tenha sido totalmente por acaso que descobrimos ser possível espremê-los para fora da cavidade ocular. Que os olhos também têm uma parte de dentro. Estamos paradas ambas junto à pia com as mangas arremangadas. Pego a cabeça lisa do bacalhau e aperto com o polegar um dos olhos, que vemos explodir feito uma uva. E como uma uva preta, o olho está cinza por dentro. É a única coisa cinza naquele bacalhau. Todo o resto serpenteia em cores, em turquesa e preto, em azul, as escamas metálicas que grudam nas mãos, nos braços, embaixo do nariz, em volta do olho que a minha irmã mais nova coçou.

HÁ TANTO AR E CALMARIA, TANTO VERDE e tantas formações inverossímeis, encostas e quebradas, Tinghulen como um circo glacial[94] entre as clavículas, ascensões e quedas na paisagem da era glacial, permitindo imaginarmos o gelo que perfura a crosta terrestre e esburaca a paisagem, transformando-a num coro mudo de bocas abertas, gargantas profundas. E há lagos e rios e o Rytterknægten[95] como um incisão deixada por uma lança no abdômen da natureza, reflorestamentos densos entre os montes funerários antigos, cercas, encostas. E há folhas no vento de outono que se movem e murmulham como ondas antes de atingir o solo, tornando-se translúcidas, o papel mais fino, ou rígidas como pergaminho encadernando contas velhas, uma corda de ráfia amarrada firme como um corselete que comprime os flancos, a cintura fina, o umbigo rente à espinha, a espinha rente ao esterno. Há sempre uma felicidade espessa como alcatrão e melancólica em Mols, em admirar Mols, em mostrar Mols; como quando o meu avô paterno mostra Mols, quando ele tenta acompanhar a minha mãe nos passeios, na Trilha Italiana, na trilha no bosque de Provstgård, na trilha da colina de Trehøje, vestindo capa de chuva, a cada manhã uma hora ou duas andando pelo terreno, os pés sem meias calçando apenas botas, os dedos amarelados dele, a inquietação de ranger os dentes quando ele mais uma vez enfia a cabeça nos armários à procura de aguardente ou vinho que deve estar por ali, deve *haver*.

A minha mãe deixa ele a guiar, segue-o pela casa afora e recolhe as coisas do chão, como a gente anda atrás do trator em agosto e joga os fardos de feno na traseira da camioneta, assim a minha mãe anda, quantos fardos pode haver, mais de cem, talvez cento e cinquenta, cardos em muitos deles, a maioria; e o sol se põe atrás da encosta, enquanto já contamos setenta e três, e a casa da Dora e a edícula, a oficina mecânica do Sven no topo recebe os últimos raios cálidos como um auréola sobre

Ascensão e queda | 103

o telhado, antes de terminarmos. Ele abre mais um roupeiro, o aparador, uma gaveta após a outra, a minha mãe volta a guardar os lençóis no roupeiro, empilha as capas de edredom, coloca os castiçais e as fitas de vídeo no lugar, serenamente, fecha as gavetas feito curativos adesivos nas feridas, complacente, até que ele senta no sofá com as mãos amareladas, se agitando como um ninho de passarinho em torno da cabeça coroada de ramos e galhos. Ele se embala para frente e para trás, apoiando os cotovelos nos joelhos.

Isso faz dois meses; vamos buscá-lo no ônibus em Rønde. O meu pai ajuda-o a entrar no carro, com a mão protegendo a cabeça do meu avô paterno, para que ele não a machuque ao entrar.

Mesmo assim isso acontece.

Ele sangra, se vira no assento e espicha a mão até mim, meu xodó, ele me diz e acaricia a minha bochecha com as mãos mais ternas; ele irá dormir no quarto das visitas.

Sento-me ao lado dele no sofá da sala, depois de ele passar a casa em revista mais uma vez. A minha mãe fecha o último armário, outra vez o último armário, senta-se do outro lado. Ela suspira de exaustão e espicha as pernas, esfrega os pés em círculos.

Nenhum de nós diz nada, uma saliva viscosa ou lágrimas pingam no assoalho de pinho entre as pernas da calça de veludo do meu avô. Me inclino na direção dele e acaricio a perna dele, a calça de veludo é como um tábua de lavar de seda, os meus dedos ficam completamente translúcidos.

Mais tarde, continuamos sentados assim, a minha mãe está inclinada para trás e coça as minhas costas por baixo do blusão folgado. Ela simplesmente não sabe como dar um jeito de sair dali, ela já *ficou*, e isso é inusitado; nada mais de armários, nada mais de lençóis, ela foi laçada num instante de sossego, como um cavalo que trota lépido e faceiro e num repente despenca, num repente tem todos os quatro cascos no solo de uma vez, fazendo com que uma pata precise se erguer *primeiro*; a terra parece tornar-se areia, um cansaço impossível de vencer, o colchão e o sono pesados demais às seis da manhã, pesados demais às sete.

Ascensão e queda | 105

Sento-me à mesa estreita em frente às janelas, o corpo encurvado, concentrado. Encontro um *E* para emoldurar o texto que componho. Vista de costas, estou completamente escura, o meu cabelo uma espantosa coroa de luz feito metal folheado na madeira, uma bengala com um cabo que reluz como prata esterlina. Os campos bruxuleiam à minha frente e a neblina matinal paira sobre eles como o vapor que emana do asfalto quente, sobre os campos que formam a paisagem daqui do edifício principal da escola. O meu peito é frio debaixo da roupa, os meus olhos logo começam a escorrer. As gotas deixam rastros como lesmas ao escorrer pelo janela na gaiola de vidro formada pelo corpo das janelas duplas. É a câmara ardente dos insetos mortos. Isto é, quando os insetos vivos já não estão mais ali.

A escola tem problemas de isolamento. Todo o pavilhão original, o que hoje vemos na fotografia aérea pendurada na cozinha, todo o edifício principal é cheio de orifícios, é praticamente um queijo suíço. E o pavilhão comprido, outrora um estábulo mas atualmente reformado e convertido em oficinas, não passa de uma dama emperiquitada e amarga, com tantos problemas de isolamento como o estábulo de outrora, sala por sala, as oficinas de cerâmica, música, carpintaria. O vento sobe pelas frestas entre as tábuas do assoalho da sala, deixei certa vez cair uma miçanga, nunca mais consegui recuperá-la. Quando varro o piso, simplesmente derrubo outras miçangas o tempo todo entre todas aquelas frestas que se convertem na epiderme do assoalho.

Encontro um *N* nas caixas de letras, que originalmente estava na caixa de carimbos do *A* em diante, várias de cada letra, maiúsculas e minúsculas misturadas umas com as outras. E depois as folhas são penduradas para secar feito guirlandas; fico embaixo delas como se fossem galhos. É totalmente insano como essas estampas podem ficar tão bonitas, em azuis ou vermelhos ou em cores saturadas de preto, enquanto ainda úmidas, os escritos pendendo dessa forma do teto em frente ao quadro negro.

Os campos jazem nus vistos através dos vidros duplos e, acompanhados da claridade, varrem a manhã cá para dentro. No intervalo, estão em plena função lá fora, carregando beterrabas, lavando-as na água fria no pátio, partindo-as em dois, batendo-as numa pedra para que seja possível colocá-las debaixo da terra juntamente com os dentes deles. Uma típula tem os últimos espasmos pelo corpo, ergue com cautela uma pata, que atinge o vidro, a membrana que o vidro é, outro espaço que não o do bar, igualmente fóbico, só que agora de vidro, ufanistamente translúcido ao sol. A umidade tremenda lá dentro dói no corpo, como um estrangeiro atrás do passaporte revira as pilhas de documentos, procurando-o; atrapalhado e descarnado como a claridade de março.

O PÁTIO DA FRENTE É UM ESTACIONAMENTO, a grama foi retirada, com a lama por todo o outono, as poças d'água após a neve derretida em fevereiro até bem entrado março; recebemos a entrega de uma carga de cascalho numa terça-feira, às cinco da manhã. Acordamos com o sussurro das pedras sendo despejadas da caçamba, é um arranhar incessante, ruidoso e rugiente, como se o teto de um caminhão que passa sob uma ponte baixa fosse arrancado; as pedras deslizam da caçamba, aquilo é como uma avalanche tonitruante, um prédio que desaba.

Levantamos.

Os cabelos do meu pai sobem da cabeça dele como uma auréola inusitada.

Acendemos as luzes lá fora para poder ver. Parados entre a porta e a escada da frente. A minha irmã mais nova sai com o seu macacão, quer sair para brincar naquela montanha nova antes de ir para a escola; eu me equilibro no umbral da porta, enquanto a brisa sopra em minhas pernas, e a sensação é como estar com água até os joelhos, como se houvesse círculos na água em volta das coxas, como quando o vento entra por baixo da camisola, e vejo como tudo bruxuleia no espelho d'água, ondula em círculos, e a camisola infla feito um balão em torno de mim.

O cascalho é uma desordem de pedras e cores, pedras de cada cor o bastante para que o olho nunca consiga encontrar sossego ali, decidir-se se aquilo é cinza sarapintado doutras cores, ou branco, preto, quiçá azul sarapintado, é uma cabeleira indecisa, desgrenhada, que irrita os olhos, fazendo-os lacrimejar, cintilar, feito erva marinha no fundo de um rio.

Até junho as pedras vão ficar brancas. São como as rosas brancas quando elas trepam muro acima e chegam até as calhas, se arrastando todo o trajeto sob o frontão, essa é a cor que o cascalho ganha, que as pedras brancas buscam no cascalho.

A minha irmã mais nova engatinha na pilha, corre, entramos, quero continuar dormindo, o resto da casa acorda, esquentam água para fazer chá e o barulho da chaleira se infiltra no meu sono. O meu pai acende o fogão a lenha, a coifa assobia nas suas quinas, o esquilo esculpido no flanco do fogão a lenha Morsø[96] logo começa a estalar, talvez sejam as nozes entre os dentes dele, e a aveia incha pouco a pouco sob a tampa da panela, até que transborda, as passas de uva são mergulhadas no leite, e o fogo alcança a lenha, ao passo que o calor nunca chega totalmente às paredes. Todos os passos são, todos os goles são, sono; manhã, nunca será.

O MEU PAI ABRE TRÊS VIDROS DE ARENQUE e os coloca na mesa, que já está apinhada. Ele fatia um pão de forma de centeio de ponta a ponta, corta as rodelas mais finas, transparentes, de cebola, escoa a salmoura de um vidro de alcaparras; ele me conta outra vez que as alcaparras são na verdade flores, sacode o coador, fazendo a salmoura escorrer. Ele tira o fiambre de rolo[97] caseiro do açougueiro Kruse do seu embrulho de papel-manteiga e coloca-o numa tábua de cortar guarnecida com fatias de pimentão vermelho, traz uma tigela com minipepinos em conserva, coloca uma colher limpa num vidro recém-aberto de mostarda de Dijon, encontra os arenques defumados, quebra alguns ovos e coloca as gemas nas cascas mais bonitas. Leva a manhã toda nisso.

Desenho um cavalo depois do outro, busco uma colcha para cobrir as pernas, sento à mesa. Logo chegam os pratos, o saleiro. Sou encurralada num dos cantos da mesa. Movo uma pilha de desenhos para uma almofada de assento de cadeira no chão. O meu pai descasca os ovos, separa as fatias de pão de centeio, dá uma bicada na sua cerveja, recorta seus movimentos de um jeito que parece música soul, Aretha Franklin, quando botamos ela para tocar e dançamos na sala. A cozinha, todos os pratos com fiambres, todas as facas para descascar, as bandejas de plástico vazias, as sacolas da peixaria, todas as cores e superfícies ali recortando uma à outra.

As vozes circulam no recinto, erguem-se uma por uma, como se, com cordas amarradas nos pulsos, arrastassem todas as coisas da cozinha num novelo de lã com um murmúrio seco. A geladeira está aberta, a minha mãe passa com a roupa para lavar, fecha a geladeira com o pé, o olhar dela: de que é puro exagero, aquela mesa. As vozes no rádio, que chegam em ondas incompreensíveis, subjazendo a isso tudo como caixas rasas com meias e presentes num quarto, cartas recebidas de casa, fotografias, um bilhete de trem em aberto para viajar para casa na Jutlândia, um saquinho com figos secos escondido embaixo da cama num quarto mais alto que comprido, com janelas como as duma igreja, estreitas, voltadas para um jardim escuro. Ele abre outra cerveja, guarda a garrafa vazia na caixa em frente à porta que dá para a varanda, bem debaixo do cartaz com os desenhos coloridos, *Aves pelágicas*. Delas, acho que ele seria um pisco-de-peito-ruivo, não que se pareça tanto com ele, é mais por causa da mancha de nascença no pescoço. A pele dele é um mapa. Talvez não existisse simplesmente foto alguma do meu pai até que o Palle tire uma na França, com a sua nova câmera reflex, a antiga Leica com estojo de couro, que eles compram em Copenhague antes de embarcar no trem para Nice. Ele é comprido e esguio como uma vela nova num castiçal alto, com a sua mancha de nascença, bronzeado, totalmente branco nos vincos em torno dos olhos, os dentes branquíssimos, aquele verão, escora-se no muro onde haviam escrito com giz:

Love and cowboy trousers for sale[98]

Aquilo que, eles descobrem anos mais tarde, a banda Procol Harum rouba deles. Que se tornou uma expressão.

A minha irmã mais nova arrasta um carrinho de boneca pela sala. O carrinho bate no umbral da porta e ela derruba um pote de vidro a vácuo com açúcar e favas de baunilha da prateleira junto à porta e o pote rola até a área de serviço. Choca-se com a tigela de comida do gato e a outra com água, choca-se com o piso de linóleo e perde o seu fundo. Ela sequer olha para trás; olho para o meu pai, levanto-me do meu lugar à mesa e vou enrolada na colcha até aonde o pote parou. As tigelas do gato estão viradas, a água é absorvida pelo açúcar de baunilha, que aos poucos vai formando um montinho; os cristais se derretem na água, se espraiam como num buraco no gelo, uma cor na água clara.

O meu pai senta-se à ponta da mesa que é como um barril enorme, um fardo de feno estufado que rola descendo na direção do estábulo, tremendo diante dos olhos dele. Ele não comeu nada a manhã inteira, está pálido. Me detenho e olho para ele, começo a amontoar o açúcar. Ele corre. Já me cortei. Ele mantém a minha mão submersa na água fria, olha-a, me faz olhá-la, diz que não cortou fundo e seca a minha mão com um pano de prato limpo. Me segura bem firme no colo, me embala assim. E apesar de a cadeira da mesa de jantar em que ele está sentado ser tão rígida, estática como o esqueleto de uma casa, há como que uma onda, um marulhar das ondas, enquanto ele me embala. Não consigo mais chorar, o choro se converte num sibilo grave que sustém o movimento. A minha irmã mais nova entra, vinda da área de serviço com o carrinho de boneca, para e ato contínuo olha para o açúcar e para a tigela, para os cacos de vidro, para o meu pai e para mim, confundidos um no outro naquela cadeira. Ele põe um dedo sobre seus lábios finos para que a minha irmã faça silêncio e acena com a cabeça na direção da sala enquanto o olhar da minha mãe encontra o dela, e eu me sinto como uma montanha ali com os meus pais, balançamos juntos, como uma montanha balança, se a observamos por milhares de anos, um movimento que a minha irmã mais nova não tem como ver, mas que mesmo assim ela inveja, ela está lá, verde de inveja, e o quarto a impulsiona na direção da porta como uma lona erguida de um dos lados depois da chuva. Ela tem tanta coisa, há tantos olhos nela, sempre. Nunca vais estar crescidinha demais para ganhar esse colo, o meu pai diz. Mesmo que eu nunca cresça, nunca mais vai ser assim. A questão é não mudar nada, nem o menor dos detalhes, mesmo um ínfimo movimento com a língua basta para estragar tudo, não mover nada, um raminho que rompe o espelho d'água. Trata-se de insistir em sibilar como um bicho; não sei quando terei a oportunidade de estar assim sentada, como uma montanha, leva um tempo imenso se encaixar numa montanha, justapor-se como duas folhas de papel dobradas uma sobre a outra, fazer com que as folhas de papel, e com elas as montanhas, se equilibrem numa cadeira.

O meu olhar recai nos desenhos, quero dar de presente a ele a pilha toda. Penso no meu assobio, no café da manhã, quanto tempo ele pode esperar enquanto permanecemos aqui, é um quadrado traçado com o pé na areia, um marisco aberto até que a gente mal o toque, um canto despejado sobre a mesa, os baldes entre as paredes.

A MINHA MÃE VAI BUSCAR UMA ESCADA NA CASA DO HELGE; ela acelera até a estrada, entra no pátio e encontra a escada na garagem, antes de ele sequer conseguir calçar os sapatos, sair pela porta da cozinha e cumprimentá-la, ela já foi embora outra vez. Com um estalo como o de uma correia de couro ao rebentar, a escada golpeia o gelo do lago e forma, com o estalo e com os quatro ecos daquele estalo, uma ponte sobre o buraco que os patos mantêm aberto nas semanas de fevereiro, noite após noite. Ela não perde tempo em empurrar a escada direito no lugar, simplesmente se arrasta lá fora, fica com as botas molhadas, o macacão molhado na altura dos joelhos; enquanto o cachorro chapinha na água do lago, lutando para manter o fôlego pelo buraco, quase sem conseguir manter a boca acima d'água. O buraco pode de repente se fechar em cima dele, penso, crispando os dentes com força.

É o pessoal novo da Casa do Lago, acabaram de se mudar, é o cachorro deles.

Simplesmente não conseguem se mover, estão ali parados com a mão diante da boca, e a boca deles ali como furos no lago, abertos e escuros, como o buraco do poço no pátio da casa pastoral, sob as duas tílias plantadas em memória dos dois poceiros que perderam a vida lá embaixo.

Os novos moradores têm tantas lágrimas em seus olhos que quase não conseguem enxergar nada.

É inacreditável, o Sigvard diz, que o cachorro não afunde no gelo, que ele não perca as forças e se entregue, que não morra congelado. Que a minha mãe consiga correr com aquelas botas enormes, que dirá então carregar aquela escada.

A minha mãe é praticamente um homem.

Ela abre a escada; seus braços têm força para puxar um cão de caça encharcado de dentro do lago. Relembro outra vez as cicatrizes de vacina, as manchas reluzentes no alto do braço, é impossível compreender como elas possam ser causadas por uma agulha; me abstenho de imaginar as brasas e o metal quente, que ela tenha sido iniciada, que haja um clã em alguma parte que pode exigir que ela seja restituída a qualquer momento. Que ela pertença a eles. Ela pode ser uma índia. Como a minha irmã mais nova poderia ser. Elas têm a pele em comum, são tão escuras. E também com o tio paterno da minha avó materna elas compartilham o sangue dessa maneira, aquela mesma derme que os recobre.

Há sangue cigano na família, essa é a história que minha avó conta. É algo que ela temeu a vida toda, não consegue deixar de pensar nisso. Não é fácil se conformar com aqueles cabelos escuros, com aquela força. Por vezes, são esses genes que prevalecem, ela diz, e por vezes, penso, bem que eu podia me valer desses genes; estou ali parada e fito aquele furo que é a boca voraz do lago. Ela tem a pele claríssima, a minha avó nunca cria rugas; como ela nunca consegue parar de pensar no assalto, no fato incompreensível de que ela seja roubada por ciganos que afinal de contas são sangue do seu sangue e carne da sua carne, o seu clã secreto; a sombra comum detrás da qual permanecem, nus, vorazes, por toda a parte de mãos vazias.

Ascensão e queda | 115

CADA UMA DE NÓS GANHA A SUA MACIEIRA. Essa árvore é a minha árvore, digo. Aponto para a eira à nossa frente lá embaixo. É uma das árvores que deixamos em pé. Além disso, e apesar de não ter sido devidamente cuidada ou pelo menos simplesmente deixada à vontade para crescer naturalmente; ela é podada de forma completamente estranha, de maneira que pende bastante para um lado, como se tentasse proteger uma parte tão grande quanto possível do terreno sob a sua copa. Encobrir o sol.

As maçãs são amarelas como favos de mel de um lado; do lado oposto, elas apresentam bochechas vermelhas. Como se tivessem sido esbofeteadas por uma mão descarnada, pelo sol, com aquela mão que a descarnada luz solar pode ser.

Daqui é possível avistar o galinheiro. A estufa. A videira que cresce pelas janelas abertas no telhado de vidro, espicha-se através daquele buraco quadrado resultante de um vidro quebrado. As galinhas se movimentam de supetão, ficam o tempo todo paradas em cortes fotográficos de luz; compõem outra vez uma nova formação, juntas, e bordejam umas entre as outras, tão mecanicamente desajeitadas.

Desenho um quadrado em volta da minha árvore. Arrasto uma vareta pela terra, finco uma estaca de metal enferrujada na terra em cada um dos quatro cantos. Os ramos pendem para fora do quadrado como olhos se espichando pelas janelas.

CONSIGO PERCEBER OS MEUS SAPATOS NOVOS até mesmo nos cantos da boca. O som deles pela sala, só quero saber de andar de agora em diante, penso, quero trocar da linha 361 para a 2, assim eles simplesmente não vão conseguir tirar os olhos, assim eles vão soar na parada de ônibus na frente da escola em Mols. Me viro para baixo junto ao piano, volto outra vez, uau, a minha irmã mais velha exclama, sentando-se no sofá vermelho com um sanduíche aberto, como você é alta, ela diz, com farinha no lábio superior. Ouvi dizer que vão me dar uns comprimidos, eu digo, para que eu não cresça tanto. Ela ri, quer saber se aquilo é verdade. Aceno positivamente com a cabeça, é algo que a minha mãe me disse um dia.

Ascensão e queda | 117

As pessoas estão em casa por causa do frio, tudo tranquilo como numa noite de natal, estrelas o que basta, um desperdício de formações e sossego, luzes de decoração no buxo, na macieira, nos ramos de abeto plantados em vasos dentados de terracota, amarrados nas hedras, em galhos nus, todas as árvores frutíferas que se possa imaginar, no teixo.

Eu sei o tempo todo que horas são. Que são nove e pouco, que são quinze para as dez.

Vou até lá em cima outra vez e observo os cavalos, piso no gelo nas bacias com água, tiro as luvas e ergo os pedaços de gelo com as mãos desnudas. A caminho do jardim, de uma eira até a outra, giro a tramela e abro a porta do galinheiro. Os olhos pequenos demais dos cavalos brilham como as bolitas de vidro que tenho guardadas num saquinho de veludo no meu quarto; há neles reflexos da lua.

Um foguete isolado ilumina tudo, uma beterraba se choca no piso do estábulo e se parte pela metade, um coco que por fim se entrega, as cenouras puxadas até a claridade e o calor; a vela é soprada.

Deixamos os gatos dentro de casa, a porta da área de serviço tem que ficar fechada, não é fácil lembrar disso; esqueço novamente, tenho que sair de novo sem casaco no frio para trazê-los para dentro.

Temos cachos. Todas as quatro. A minha irmã mais velha prende os grampos de cabelo entre os dentes, enrola os nossos cabelos bem apertados na chapinha quente, não sei se é necessário apertá-los tanto assim, será que ela poderia tentar, se puder fazer esse favor, evitar de queimar as nossas orelhas. Observo os lábios da minha irmã mais velha enquanto a minha irmã mais nova grita. Estou em dúvida.

Parecemos uma fotografia dos anos de mil, novecentos e sessenta, uma pintura do Roy Lichtenstein, a Monroe com uma taça de champanha, a Monroe numa banheira, aqueles seus lábios. Ela arma os cachos do cabelo com laquê, a minha irmã mais nova põe uma pele falsa violeta em volta do pescoço, os nossos rostos colando de tanta purpurina, são como máscaras de gesso depois de secar, sob as quais mal conseguimos mexer o rosto; simplesmente não conseguimos parar, são tantas cores. A minha irmã mais nova está bonita. Não importa o quanto eu me esforce, ela sempre fica mais bonita. Devoro três palitos salgados, pensando naquilo, e a nossa irmã mais velha levanta os cachos do meu cabelo, borrifa-os com laquê, enquanto isso eu fico com a cabeça virada para baixo. Assim, ela diz, eu ergo a cabeça.

Dá até uma certa tristeza. O jeito como os cachos reluzem.

A minha mãe entra no banheiro onde estamos, senta no vaso e mija. Ela assobia para nós, acena positivamente com a cabeça e sorri. Puxo o vestido para baixo, afino as bochechas um pouquinho, vamos descer para ficar com o meu pai e assistir ao discurso da rainha, ver os soldados congelando, como a minha mãe diz, seus pobres dedinhos congelando.

Os macacões são como as barracas, o frio sempre encontra os seus atalhos, pois as roupas de festa não os preenchem. Atravessamos a neve.

A chuva de foguetes ainda não começou. Há um aqui e outro acolá. Esparsos.

Falamos da Lone e do Henning, será que eles costumam festejar? Será que eles estão na Casa do Lago? Falamos do Per e da Signe, será que eles foram a Esbjerg[99] nesse natal?

Esse ano não vamos soltar foguetes, eu decidi, não consigo suportar os olhos das vacas, dos gatos que saem todos correndo e se esparramam feito uma pele esturricada num canto da sala,

Ascensão e queda | 119

debaixo da cama nos quartos; o meu pai de óculos, talvez ele não consiga se afastar a tempo.

Fui ver os cavalos quatro vezes nessa tarde, não há neles nada demais para ver, os foguetes isolados que já foram soltos desaparecem como um reflexo no cocho d'água, nos olhos reluzentes deles. O Henrik e o Morten foram até a frente da tevê, os filhos do Henrik, o Jarl e o Andreas, também estão por ali; eles bebem água com gás em taças de champanha, e há quatro tipos diferentes de batata frita e nozes, serpentinas nas luminárias e por cima da tevê, com suas cores histéricas, até o varão da cortina. O Peter chegou, o Sven veio do outeiro e a Karen, os dois lá da Casa do Lago, estão prontos com suas roupas de festa. A Karen e o Sven vestem chapéus. Ah, mas não é que é, o Morten grita, quase sufocando de tanto rir e tossir, e o meu pai se encolhe para passar pelo umbral da porta. Entramos quase pisando uma nos calcanhares da outra e ficamos só de meias no tapete. Ele larga a cerveja na mesa como se fosse pregar um prego na mesa com ela, esguichando a espuma que salta pelo bico da garrafa.

O Andreas tirou a etiqueta de um refrigerante, acaba de dobrar. É um aviãozinho de papel. Ele o coloca sobre a mesa à sua frente, em meio às tigelas, à frente do cinzeiro.

Quando é meia-noite, apagamos todas as luzes, fizemos o mesmo caminho de volta passando pela cidade, agora estamos sentados na nossa sala escura, conversando com vozes abafadas. Estamos sentados espiando pelas janelas, nos curvamos até os vidros, pendurados nos caixilhos das janelas como se fossem olhos. Não queremos ter visita, e eles chegam, o Henrik, o Peter, o Morten, o Sven, a Karen, e não querem crer que já estamos deitados. Não vai ver os cavalos agora, a minha mãe me diz. Depois, ouvimos as sirenes e vemos a luz azul da ambulância acertando em cheio as paredes; eu fui a única entre nós a também escutar a algazarra, e no dia seguinte vejo o sangue na neve; o

120 | *Josefine Klougart*

estalo, que deve ter sido mais alto do que os outros estalos, não sei, mas o ouço. Foram os dedos do Peter sendo destroçados, por isso são tão esquisitos; quase não aguento ver ele ajudando a Elna a debulhar as ervilhas, não é mais como antes, ele não consegue mais debulhar tão rápido como costumava fazer, e agora somente na sombra, é por isso que ele sua assim, apesar de estarem sentados na sombra.

Lá fora sobre as urzes estão as rosas, sobre as rosas e as urzes está o irmão da minha mãe, o Anders, que toca violino na igreja. Ele também se dissipou, e a nave da igreja com ele; a voz do violino é uma bola chutada em pleno movimento que gira por toda a parte, bate contra a parede caiada e assim arruína a nave da igreja, destroçando-a de cabo a rabo, com sua fúria cortante no ar; ou então a bola cerze o recinto rompido com um fio tênue de uma parede à outra — ambas as partes num movimento unívoco reiterado.

O órgão está calado, o organista fica sentado, cabisbaixo, curvado abaixo da altura do próprio peito, observando as próprias unhas com a minúcia de um agrimensor; limpa a terra que havia sob a unha mais curta da mão esquerda usando a unha mais comprida da mão direita, ele fica sentado ali, prostrado, é um salgueiro sobre o lago, a treliça nas bandas laterais de uma cadeira de balanço, o corpo dele curva-se como os círculos d'água em volta do ralo quando mais tarde abrimos o ralo da banheira para deixar a água sair e a minha mãe fica deitada na banheira feito uma ilha.

Não sei de que maneira, mas conseguimos nos levantar dos bancos. Somos um rebanho bovino que deixa o estábulo por conta própria e se alinha no campo aberto, como os campos de Himmerland[100] quando estamos lá e eu aponto, pergunto se estamos em Himmerland, pois reconheço o lugar por causa do Jens, que mora na casa do guarda florestal, as histórias que ele conta sobre as ovelhas e os campos de Himmerland. A minha mãe acena positivamente com a cabeça, é de fato Himmerland, estamos passando por lá de carro. Acrescento isso na minha lista de lugares aonde quero voltar e outra vez também entre parênteses na minha lista de flores com nomes esquisitos:

Tasneiras

Teléquias

Alopécuros

Línguas-de-vaca

Erófilos

Linárias

Acônitos

Dedaleiras

Travinas

Bupleuros

Escudelas-da-água

Farfárias

(Ranunculáceas)

(Himmerland)

cantamos mais uma vez, dessa vez o canto soa mais baixo, por outro lado se espraia mais longe em todas as direções. Estamos ao ar livre. Mais exatamente: estamos no cemitério. As pessoas nos enxergam do alto do terreno feito duas abas escuras em volta de um retângulo preto. Lábios. Se tiver que deixar alguém novamente, penso muitos anos mais tarde, eu quero que seja com essa mesma inquietação: a inquietação do canto, dos lábios na cidade e a inquietação paisagem adentro; terá que ser como ir sozinho até uma praia e de repente mudar de ideia, atravessar a pradaria junto à praia, em meio às línguas de louro do azevém praiano. Com naturalidade e inquietação; até que de repente haja um quê de partida em tudo, com essa inquietação que é a inquietação da partida e do canto.

Além dos abetos, colocados como um colarinho em torno da sepultura e do caixão, o rosto que aquela cova é, há também urzes. Infiltrados aqui e acolá na cerca viva baixa de ligustros. É dessa forma que as charnecas ao redor de Herning existem para

Ascensão e queda | 123

ela aqui, no povoado da minha avó materna. No tempo entre pararmos de cantar e começarem a jogar rosas no caixão, consigo ver a sepultura sendo coberta pela terra, jogada por eles, vejo o saibro sendo ancinhado em cima dela, escuto o ruído que isso faz, feito barba sendo coçada, os cestos que se rompem, consigo ver as flores sendo colocadas nos vasinhos, primeiro os lírios, depois as rosas, e por fim: as velas de sebo — é época de natal — e as flores de bulbo, vejo-as irrompendo diante das pedras.

Há três cartas com envelopes decorados, um da minha irmã mais nova, um da minha irmã mais velha e outro meu; jogamos os envelopes na sepultura, depois voltamos a cantar, as duas de nós que ainda conseguem cantar.

Eu tento.

Não sei se estou cantando, não consigo escutar a minha própria voz, mas acho que de qualquer forma há ao menos um silvo e um tatear em torno das palavras.

É outubro.

E andamos outra vez pela cidade, somos outra vez um rebanho que cambaleia sedento por toda a parte, esquecido nas charnecas; mais caixas de papelão com tubérculos germinando, batatas verdes, nos degraus do porão; uma procissão de esqueletos da última taberna, trememos feito eles. Nada buscamos, apenas seguimos. Não deixamos nada para trás. As pessoas veem: o rebanho que anda pela cidade, os lábios que murmuram nos cachecóis pretos.

Mais tarde, numa quarta-feira perto da primavera, encontro uma fotocópia da minha carta. Perfurada com quatro furos numa das margens e desamassada com o dorso da mão sobre a página, um ferro de passar aquecido, guardada no nosso álbum de fotografias.

Vejo-me jogando a carta, vejo isso diante dos meus olhos várias vezes seguidas, não consigo fazer com que cesse essa imagem. E mais tarde, na hora do jantar, estou sentada e ainda não consigo acreditar e quase não tenho forças para perguntar, mas pergunto mesmo assim.

Consigo articular aquilo com os meus lábios.

A minha irmã mais velha levanta-se da mesa, a minha mãe, o olhar parado dela, como se ela continuasse acreditando que nós, em breve, ou pelo menos em algum momento, ficaremos contentes de aquelas cartas ainda existirem. E ela sorri furtivamente ao reconhecer como uma coisa tem a ver com a outra. É como se ela me entregasse um porta-moedas ou um chaveiro que eu achava que havia perdido, praticamente perdida a esperança de encontrar aquilo.

Ela continua e volta a dizer quantas flores havia na igreja, desde o órgão lá embaixo até o retábulo lá em cima, todas aquelas urzes.

Ascensão e queda | 125

Os CAVALOS ME PERSEGUEM, suas cabeças aumentam cada vez mais às minhas costas; detrás das minhas orelhas, durante o sono, sou novamente alcançada por eles, pelos seus ventres estufados abaixo da caixa torácica, as cristas ilíacas salientes, os olhos bovinamente ocos, os corpos sobrenaturalmente esquálidos. São estâncias em ruínas, um aglomerado de armazéns abandonados em fileiras aleatórias sob o sol da tarde, desamparados, rangendo nas dobradiças que são suas articulações rígidas; avançam emitindo ruídos marciais. E então vêm as galinhas, os galos, com suas cristas cor de carmim finas feito pergaminho; as preás e os coelhos completamente inanes, com os pulmões rebentados, varados de fome. E é tão plácido, tão genial, eles me perseguem pontes acima, trilhas abaixo; é para mim que isso existe, esse desfile de desídias só existe para mim, com todas as plumas sebentas que os animais perdem, com todos os passos que os cavalos dão com suas estabanadas patas destroçadas, é assim que eles grudam em mim. E nem posso suspirar de irritação, estou roxa de vontade de poder fazer isso outra vez, concluir essa missão. O sonho se repete, o pesadelo que a responsabilidade se torna para mim.

Tenho tanto medo de esquecer algo, com a mente totalmente transtornada pelo temor de cometer algum erro, esquecer algo aberto, apertar demais a tampa da garrafa d'água, não conseguir limpar completamente as algas da velha banheira do estábulo, não perceber a chegada do frio e deixar a água congelar no fundo, esquecer de trocar a pedra de sal em julho, quando o sol baixa à terra através do ar parado; simplesmente esquecer algum dos animais, de dar-lhe de comer, de dar-lhe de beber. Recito uma litania ou incluo esses detalhes ao rezar o meu pai-nosso à noite; que eu jamais esqueça animal algum, que eu não deixe nenhum deles morrer, que nenhum deles morra pela minha mão mesquinha.

É TUDO MUITO POUCO SENTIMENTAL. O joelho dela está simplesmente desgastado, é isso que se pode ver na imagem exibida no monitor quando o veterinário chega e monta aquela caixa elétrica nos fundos da casa, de onde conseguimos puxar a eletricidade. É osso contra osso, pelo que consigo entender. Então eu aceno positivamente com a cabeça, concordando. É assim que tem que ser.

Começo a dar voltas pela encosta com ela. É o que ela consegue aguentar. A Trilha Italiana. Aprendo a reconhecer as encostas dessa forma. E também de outra forma. Dessa perspectiva. Coloco as rédeas no pescoço dela e vou na frente, ela me segue como um velho cachorro, com a cabeça preguiçosamente caída entre as escápulas que se sobressaem de ambos os lados do peito — cada um dos flancos de suas costas magras com a crina, como uma montanha de ossos no centro — rangem como mós de granito num moinho; e quase consigo ouvir os grãos rompendo-se e se abrindo, osso contra osso, imagino a nuvem de farinha às nossas costas como um rastro empoado, um rio branco que arrastamos como uma incisão precisa num osso oculto na paisagem.

Tratamos de pôr as ferraduras nela. O ferreiro chega e apara os cascos de todos os três cavalos — a Molly e os dois potros.

Junto as lascas de cascos da grama e guardo-os num saquinho. Conservo-as assim. Vão endurecer, não tarda nada vão quase parecer pedra, totalmente opacos e secos, garras encurvadas de pássaros se fechando em torno dos galhos de cerejeira; logo já não terão cheiro algum.

Evito as estradas asfaltadas, saio para a beira delas, ando no meio das estradas de saibro. Nos caminhos mais fofos de se andar, é por onde andamos.

Percebo se as articulações esquentam, se ela está mancando ou se puxa uma ou outra pata. É fácil de ouvir, o ritmo dos passos dela se desdobra em mim, os percalços chegam até os nervos,

Ascensão e queda | 127

até os ossos a cada vez, a cada pequeno desnível, cada pequeno atraso faz com que algo em mim recaia num miserável ciclo de destruição. Mesmo assim, me forço a prestar atenção, primeiro na marcha, depois no ritmo do trote; não sei de quanto tempo se trata, andando com ela dessa forma, não consigo lembrar além desse mero fato, de que caminho com ela. Isso preenche tudo por alguns dias, três semanas, dois meses, três; não consigo dizer absolutamente nada, isso nada tem que ver com a paisagem, e o que consigo dizer a respeito da paisagem, é que ela se converte num canto; que o saibro, a vista da baía de Ebeltoft, as fendas, os tombos que a paisagem toma, as quedas verdes que são as margens da floresta, se confundem com o ritmo rengo dela.

AS FAVAS DE BAUNILHA REPOUSAM feito feijões graúdos, pretos, nos tubos a vácuo, repousam de dois em dois e lembram ramos ou frutos achatados da alfarrobeira. Repousam empilhados, seis ou sete tubos juntos feito uma pilha de lenha, amarrados com um elástico, no armarinho em cima do fogareiro, na prateleira embaixo dos chás da minha mãe.

Uma quantidade infinita de diferentes chás. Darjeeling, English Breakfast, infusão de ervas Fredsteds, camomila, Earl Grey, Medova em saquinhos, aquele da cor azul que é a essência do chá Medova, eu acho, aquela cor é o sabor do chá Medova. Há também um chá chinês numa lata, um chá verde, um chá de nome N.° 132D, um chá com aroma defumado e que não tem nome algum, talvez nunca tenha tido ou em todo caso o nome se extraviou em algum momento; há também um chá adocicado, o nome desse é N.° 34; um chá de marmelo e um chá de groselha; nunca tomamos outro chá além do Earl Grey, o mesmo Earl Grey de sempre. Twinings Earl Grey. Não é quase nada mais além de óleo de vergamota, é esse o gosto que prevalece, quanto mais tempo o chá fica em infusão, mais o gosto daquele óleo persiste, mais do que tudo ele tem gosto de pólen. De toda forma, é esse chá que tomamos, continua sendo o chá preferido dela.

Puxo uma cadeira até lá, trepo nela e consigo soltar da pilha um tubo com favas de baunilha. Coloco a cadeira de volta junto à mesa de jantar, arrumo assim a sala antes de morder a tampa e arrancar a última fava de baunilha do tubo, escondo o tubo vazio no fundo da lixeira. Comprimo a fava preta bem firme na tábua de cortar e corto-a ao meio, com uma faca cortando rente debaixo da minha mão e sobre a tábua, percorrendo a baunilha como se fosse uma segunda camada de pele. É uma baunilha de Madagascar, mais precisamente uma baunilha adquirida na delicatessen Hos Walter no calçadão de Ebeltoft, é o segundo condimento mais caro do mundo, a baunilha, o meu pai só quer

Ascensão e queda | 129

saber do melhor. É esse tipo de coisa que devemos ter condições de ter. Bourbon. Madagascar. Ele me alcança uma fava de baunilha, me ensina a cortá-la, observar o quão graúda e rica ela é. Cada pedacinho é valioso. Ele baixa o nariz totalmente até a tábua, corta concentradíssimo, com a faca para desossar, a lâmina fina. Um único pedacinho dá sabor, ele diz.

É uma preciosidade, isso qualquer um consegue entender.

Deixo o armário aberto, cheira como a galilé de uma igreja, o mesmo cheiro adocicado do tempo concentrado num espaço minúsculo, todas as mãos que possivelmente viraram as favas de baunilha sob o sol em algum momento, arrancaram-nas das plantas, viraram-nas e viraram-nas e viraram-nas sob o sol sobre um tapete de folhas largas e secas; mãos que pegaram em maçanetas de latão, apertaram uma moeda ou uma haste de palha, uma bala de hortelã no bolso, talvez uma bala de malva. Fico parada e olho os grãos de baunilha reunidos que repousam e reluzem gordurosos na lâmina da faca. Dou uma espiada no jardim por sobre o ombro, antes de simplesmente engolir completamente aquele crime de baunilha. Mesmo sem saborear, me entrego furtivamente àquele respeitável esbanjamento, àquela humilde sofreguidão. Mesmo assim o gosto segue ali, alguns grãos esparsos persistem sobre a língua, entre os dentes, e o sabor se infiltra, como só uma premonição é capaz, um tipo de lembrança que não se manifesta numa fotografia, mas se comunica numa encruzilhada, em frente a um hotel, na extremidade de um parque próximo ao mar, depõe-se num véu — para o mundo como cama — de retorno, de afinidade. Enfio as favas na boca, primeiro uma, depois outra, começo a mastigá-las. Amoleço-as dessa forma.

É quase uma blasfêmia, não sei se é assim que se diz, mas é a mesma sensação sombria de culpa que se instala em mim.

Que eu seja capaz de fazer isso. Roubar da minha própria família, mentir na minha própria casa, traçar um risco na areia. Simplesmente não consigo me controlar quando o assunto é baunilha, então viro mesmo uma ladra para conseguir entrar furtivamente de costas, rente à cerca, curvando o pescoço dessa forma. Enfio as pontas de baunilha desfeitas numa caixinha de leite vazia e na lixeira, fecho a tampa, empurro a cadeira bem para baixo da mesa deixando o assento bem escondido sob a toalha de mesa, como eu mesmo me escondi, certa vez, debaixo do vestido balonê comprido da minha mãe, agarrando firme as pernas dela; como os móveis são cobertos na casa de veraneio com aqueles lençóis brancos, ou como tudo debaixo das camas nos quartos quadrados de hospital, em gavetas, que também podem exalar cheiros de baunilha, de armarinhos de chá, de galilés, desse tipo de espaço agradável.

Ascensão e queda | 131

A PARTE DO PÁTIO QUE É UM UMBRAL voltado para o lago era apenas uma vertente; era uma vertente que havíamos adquirido, um leito desarrumado de verde e folhas, ramos e galhos amontoados, uma fogueira apagada e apodrecida que nunca foi, musgo marrom e cinzento, azinhavrado, uma rede de fios e pele sobre cogumelos apodrecidos nas bandejas. De ocre também, ocre sob as pedras, sob a primeira camada seca de argila, ocre quase laranja, terracota, siena queimada, óxido de ferro, uma espécie de Itália sufocada, o solo sob Veneza, se é possível chegar até ele, se ele existe e pode ser visto.

O Mikkelsen assina o título de propriedade, e a minha mãe despeja a nata batida sobre os morangos no prato fundo diante dele, passa a jarra adiante, empurra a sua colher mais para perto. Ele acena positivamente com a cabeça, deixa a colher repousar um instante para primeiro derramar vinho madeira sobre a mesa do jardim, então o movimento que chega aos frutos silvestres, as batidas vigorosas na nata. Ele limpa a mesa com cautela usando um guardanapo, como quando limpamos uma ferida com cautela usando uma gaze antes de aplicar um curativo; e da mesma forma, aquilo tampouco serve para nada. Ele ergue uma das mãos quando a minha mãe faz menção de ajudar, quer terminar aquilo sozinho; podemos até comprar as terras dele, agora que de qualquer forma ele vai morrer de câncer, mas limpar algo que ele sujou não podemos de jeito nenhum. A minha mãe acena positivamente com a cabeça, concordando, volta a se sentar, baixa o olhar.

Em outubro, o empreiteiro de Vrinners vai vir para nivelar a encosta em quatro platôs, como os jardins suspensos no sul da Inglaterra, é disso que a minha avó está falando. No entanto, os rododendros não crescem na terra argilosa numa eira voltada para o norte onde bate sol já a partir das dez horas da manhã, quando os pinheiros na encosta são dentes no vulgar céu grávido, cor de rosa, lilás, durante as horas da tarde e até bem entrada a noitinha.

A minha mãe e o meu pai bebem um xerez com o Mikkelsen, é noite de réveillon. E ele é pele e osso, lembra um cachorro com olhos parecendo dois pêssegos secos, globos oculares feito ramos duros na lenha. Praticamente somem nas cavidades oculares, esses casacos grandes demais, esses olhos ofegantes sem paz, dementes.

A MINHA MÃE ESTÁ PARADA E SE INCLINA sobre a mesa da cozinha feito um bezerro mimado, pesado e indolente de tanto pasto e pão embolorado deixado em caixas de papelão por baixo da cerca. Ela segura a cabeça entre as mãos; e assim, com os cotovelos sobre a mesa, o meu pai finalmente a vê.

Ele me olha inquisitivo. Como se eu soubesse de algo.

A minha irmã mais nova deixa uma lancheira velha cheia de miçangas de plástico cair no chão da sala.

As cores jorram por todos os lados, feito um sol, raios e trajetórias uniformes afastando-se dela, uma explosão chapada que puxa fios de cor com diferentes velocidades até o chão, de forma coordenada — matematicamente precisa — conforme o peso e a forma de cada miçanga.

Vejo o meu pai se achegar a ela por trás e colocar os braços em volta dela.

Ele é uma casca.

Ele fecha os olhos e a embala, dessa forma. Ela esvazia a paisagem com os olhos.

Acho, ele diz para ela, que está tudo bem, que tudo de algum jeito vai dar certo. Se não for isso, ele sussurra, então vai ser algo que parece quase isso.

A MINHA IRMÃ MAIS NOVA LEMBRA cada vez de mais coisas; é como a água que derrete e corre em todas as direções montanha abaixo, como uma série de dutos sob a neve; uma história se sobrepõe e se infiltra na seguinte, simplesmente não há fim nem início, tampouco nos sonhos dela, são como matrioscas russas que surgem ao puxar um novo rosto, criar diferentes versões de si mesmo a partir de uma mesma massa maleável, de uma mesma árvore esturricada. Por vezes são apenas imagens, como maçãs, cada qual embalada em papel-jornal e guardadas bochecha contra bochecha em caixas de papel, recolhidas; ela descreve-as uma atrás da outra, segura-as e puxa-as, e a gente simplesmente não consegue evitar enxergá-las à nossa frente, as imagens que aparecem e reviram o papel-jornal amassado diante da gente. E ela continua. Até bem depois que eu penso que enfim posso começar a juntar as esferográficas e os lápis de cor, bem depois que depomos os talheres nos pratos, nos levantamos, colocamos as cadeiras no lugar, cobrimos a comida que sobrou com papel-alumínio; ela continua; vira um nova imagem que flutua como uma onda, instala, rompe-se feito pão e serve de alimento a uma nova imagem que por sua vez consegue brilhar de uma forma tão agudamente ímpar. As histórias dela, os sonhos que ela teve são tão cheios de entusiasmo que devem craquelar feito uma pintura a óleo antiga com excesso de pigmento; ela dispara uma Itália com uma escopeta — o recinto inteiro se transforma numa floresta, mas também, ato contínuo, numa fábrica, numa mina tomada de serração pela manhã, uma ardência nos olhos, fúria e um longo alarido que se debate como uma lona ao vento, por cima da mangueira de pedra e até o chão.

A minha mãe se levanta, coloca a caixinha de leite de volta na geladeira.

Somos seduzidos por todas as palavras que conseguem caber no corpo magro dela, como aquela pele pode ser tão pálida.

Ascensão e queda | 135

A Astrid quer saber o que houve com o meu pai, se é vinho o que ele derramou no pescoço, ou o quê. Não sei o que ela quer dizer. No pescoço. Vinho tinto, ela repete e me olha com um olhar curioso através da franja clara, tão densa que brilha feito prata polida. Aqui, ela esfrega o próprio pescoço de cima abaixo, como se estivesse passando um fino óleo ou perfume. Eu aceno negativamente com a cabeça, não sei do que ela está falando, foi só depois que eu disse isso, que eu não sabia nada a respeito que percebi enfim que era a mancha de nascença que ela tinha em mente. A Astrid acha aquilo terrível. Estar aqui simplesmente, ela me diz. E ela acha que não tem vontade de ficar e pernoitar aqui.

QUE DIA MAIS BONITO, DIZ A MINHA AVÓ PATERNA. Ela guarda o porta-comprimidos de madrepérola com as pastilhas de hortelã na sua bolsa preta. A bolsa se fecha com um estalido e ela chupa, de forma que as bochechas afundam totalmente até os molares; ela não diz mais nada o resto do dia.

O sol arde, os paralelepípedos repousam em frente ao botequim Norsminde Kro[101] e rutilam no mormaço.

E cantamos. Na escuridão do botequim; o ar se detém e depois treme, e lá no fundo, detrás das janelas curvas do botequim, um pouco amarelo — um pouco escuro, um pouco frio.

Os pés estão lado a lado, os sapatos se mantêm bem comportados em pares por toda a fileira, feito patas, patas enfileiradas por toda a estrebaria, um cubículo, uma cocheira depois da outra, sei o nome de todos os cavalos, não preciso ler as plaquinhas, se tem algo que me impressiona é isso, pois os cavalos trocam de cubículo enquanto limpam o esterco da estrebaria, mas simplesmente não consigo me enganar quanto a isso.

É a minha tia paterna quem sugere o Norsminde Kro. Ela quem sugere o sanduíche aberto[102] e a cerveja gelada depois do enterro. Ao estilo dele, como ela diz, e o meu pai liga, é como um botão que ela aperta dessa forma; ele liga e faz o pedido sem pestanejar um segundo, não vê mais nada à sua frente, fala como um relógio no qual damos corda, como ele bate quando o levamos até a orelha.

E ele faz listas. Chega em casa do trabalho na quinta-feira à tardinha, bastante atrasado, com uma pátina sob os olhos, abre uma folha de papel dobrado e os nomes estão em colunas iguais. São esses com quem podemos contar. Ele fala com o agente funerário, morde a caneta, fala com o pastor, consola a sua irmã mais nova, a sua irmã mais velha, ele está acabado, uma pele, uma ave empalhada com a cabeça fixa numa pose, com as penas das asas abertas daquela forma, olhos vítreos.

Ascensão e queda | 137

Eles dividem as crianças; o meu avô paterno fica com os meninos, e eles vão para Århus. É um apartamento com dois dormitórios nas ruas da ilha, com vidro duplo nas janelas, piso de madeira, paredes como que de papel, os passos em cima o tempo todo e desritmados, ela suspira do apartamento da esquerda naquele ritmo que é dela, eles só riem, primeiro riem, depois fazem de conta que não ouvem. O meu pai prepara o jantar, é ele quem faz as compras, ele quem acende o fogão a gás usando fósforos ou isqueiro, ele quase incendeia o andar inteiro quando o gás ficou vazando enquanto eles jantavam, e mais tarde eles concordariam que haviam sentido um certo peso na cabeça, mas que ao mesmo tempo é bom que as coisas não acabaram pior. Depois do jantar, o meu pai e o Lars fazem a ronda de carro e esvaziam os banheiros das casas de veraneio nas praias de Mariendal e Saxild,[103] faturam uns trocados fazendo isso durante a temporada, compram uma cerveja para dividir no caminho de volta para casa, duas cervejas, uma caixa, e acabam vomitando, e o meu avô só balança a cabeça, dá um pontapé no traseiro do Lars quando ele cai em cima de um balde, um pontapé apenas simbólico, mas que diabos, rapaz, ele ri. O Lars não resiste e acaba rindo também.

Eles jamais congelam de frio no apartamento, que tem calefação pública, e os radiadores estão ligados no máximo, não é nas pequenas coisas que vamos economizar; e as janelas que dão para o jardim ficam abertas quando é hora dos rouxinóis; visitas, rádio, uma máquina de escrever, e o rádio pode ficar ligado a noite toda, pois o meu avô fica acordado e escreve cartas com mais de dez páginas, poemas também, cantigas. Ele ri bem alto. Ou fica em cima da máquina de escrever, dá uma tragada no cigarro, cai. Ele não gosta de andar com sapatos apertados, o meu avô. Devem ser folgados, bem espaçosos, de verdade.

O meu tio toma uma cerveja atrás da outra; estamos outra vez na segunda guerra mundial, o meu avô paterno liquida um homem, captura-o ao voltar para casa do trabalho no porto de Århus, pedalando na rua Odensegade,[104] nos fundos da Escola de Comércio,[105] outra vez não nos dão qualquer explicação, outra vez é a nossa tia paterna, a Lene, quem nos conta aquilo. É dali, ela diz, que se origina toda a bebedeira, ali começa a manguaça. Nisso, ela aponta um dedo para a mesa, como que para sublinhar, aqui, com a garrucha e o meu avô em fuga seara afora num mês de março. De pés descalços. Não serviu de nada, pois o arrastaram para um lado depois num domingo da igreja e sussurraram, com a sobrancelhas erguidas, que ouviram dizer algo a respeito do Bork, que não se podia contar com ele. Apesar de tudo. Que ele vacila.

Eles bebem todos juntos.

Também há o que baste para se virar, são tantas searas completamente batidas.

A MINHA IRMÃ MAIS NOVA SE DESMANCHA em choro, ela se pendura na nossa irmã mais velha como uma pena numa galinha destroçada a mordidas, a última restante num canto do galinheiro, com os olhos ainda convulsos, aquele cheiro acre de raposa, o pó que ainda se ergue da serragem. O meu pai lava a louça, mas com uma paciência que só ele.

Ele enche uma panela na pia com água quente, quase fervendo, e a espuma do sabão se derrama pelas beiradas, a água jorra como do alto da cachoeira Gulfoss[106] na Islândia, quando estamos parados em pé, enregelados, olhando Gulfoss, e sentimos a água salpicando na cara, como se Gulfoss fosse um cachorro se sacudindo para se secar na nossa frente; a água transborda da panela, e falta-lhe siso para fechar a torneira. Ele põe as mãos na bancada, uma de cada lado da pia, se inclina e morde o lábio inferior. Tão forte que o pescoço dele estremece como um nervo do olho. Mais cedo, no fotógrafo em Odder,[107] eles apagam a mancha de nascença do meu pai, foi a minha avó que pediu que o fizessem. Não há foto alguma do meu pai quando criança, há apenas fotos de um garoto sem mancha de nascença, ao lado da minha tia e do meu tio. Tenho vontade de tirar uma foto dele agora e entregar a ele imediatamente, dar a ele esse presente que só uma foto pode ser.

Apenas passo por ele. Sou um bicho passando pela sala, pela cozinha, sei que minha mãe está caída no banheiro, e lá, no piso do banheiro, vejo-a jogada como uma pilha de roupa suja, disforme, totalmente desmanchada como uma capa de edredom esquecida num balde com água sanitária, praticamente desfeito pela água sanitária.

Ela está transparente, o corpo dela não é mais do que os cordões que o mantém inteiro naquele volume de roupas, a pele esticada de um dedo inflamado, a pele da perna rachada pelo frio quando pulamos da ponte para dentro da água num mês

140 | *Josefine Klougart*

de março. Sou a saliva que afunda, o sangue que despenca até o fundo como uma pedra nesse olho que é o lago, um buraco no gelo em fevereiro, a repulsa que sinto da solidão quando não consigo conversar com ninguém a respeito de todas as coisas de que as flores conseguem falar quando a gente as pisoteia voltando para casa, furiosa, o que as encostas conseguem dizer, suas ascensões e quedas.

Ela jaz ali imóvel. Ou melhor, ela esperneia e bate com as mãos fechadas nos azulejos; com as mãos abertas talvez, como duas pilhas pesadas de papel branco ela bate no chão, é uma corça que não consegue escapar impunemente pela cerca de arame farpado em volta do bosque de Provstgård.

É através da fresta da porta que a vejo. A maçaneta está travada. Consigo destrancá-la com um mindinho, inserindo-o lentamente pela fresta como sob uma pálpebra, mas talvez não consiga. Ela é uma estranha; não estou mais debaixo do vestido dela, não coloco mais a perna entre as coxas dela, ela se tornou a estranha que conheço há tanto tempo, ela é aquela casa de veraneio em lençóis brancos, ela é esses mesmos lençóis brancos em água sanitária, em volta da cintura, como um corda sobre a cama, uma mancha no colchão. Ela consegue me ver, e ela pode fechar a porta no meu dedo; também é possível que isso aconteça.

Dou dois passos para trás, ponho as mãos sobre a boca, vejo meu pai chegar com suas mãos pingando sabão e água quente, feito um açougueiro, vejo ele bater na porta. E é com a lentidão da manhã e o som abafado como o da manhã pode ser que ele sai de perto da porta, quando a voz dele faz com que ela acenda feito fogo quando abrimos a portinhola do fogão a lenha.

Depois ela se acalma, ou seja, depois dos comprimidos que ela engole com uma vontade particularmente apática como eu nunca vi. É como chegar em casa, percebo. Para ela, há um chegar

Ascensão e queda | 141

em casa nos comprimidos, com uma corda que se solta. Ela está deitada no sofá da sala, ou seja, lá onde nós a deitamos. Uma pilha de almofadas detrás das costas dela.

A poeira começa a assentar. As pilhas começam a crescer, as correspondências que não se abrem, um vento que não chega até o jardim mas bate nos muros da rua, em todos os pontos frágeis.

Desço até o andar debaixo perto do meio-dia, não consigo dormir, tampouco consigo ir à escola quando não consigo dormir. A tevê chia, ou faz silêncio absoluto, todos os ruídos pendendo das paredes como cortinas diante dos olhos, morcegos, bandeiras caídas nos mastros ao longo do cais, casulos vazios debaixo das vigas da sacada, teia de aranha no teto da estrebaria; a fala estridente dos políticos, a sensatez de Bertel Haarder,[108] a linguagem, a gesticulação e os belos rostos deles, que só são capazes de cochichar como que em meio à relva.

A minha mãe fita a imagem, o sol atinge a tela da tevê, então a gente quase não consegue ver a parte inferior do rosto deles, e as vozes se desprendem do jeito que os barcos conseguem se desprender num temporal, simplesmente aqui nessas águas calmas e por isso tão fantasmagóricas, tão suspeitamente malcheirosas.

É uma transmissão ao vivo do debate na Assembleia do Povo.[109] Ela subjuga esse país que é a nossa sala, a doença da minha mãe. Se é que é uma doença. Copenhague com essa história que é de Copenhague; agora em Mols. Arrasto uma poltrona até ao lado dela. A mão dela repousa flacidamente sobre a colcha e parece dessa forma ser grande demais, suas unhas largas, com as luas enormes, claras, as unhas curtas de bordas brancas; ela consegue plantar batatas sem ficar com terra embaixo das unhas. Eu nunca havia assistido antes a um debate na Assembleia do Povo, eu nunca havia visto a minha mãe ficar deitada num sofá e olhar fixamente daquela forma, há uma tranquilidade como nunca antes, um sossego como o sossego das manhãs, com um balde sem alça que rola debaixo do faia atrás do lenheiro, choca-se contra as pedras, assim é a tranquilidade dela agora; e tenho a sensação de que agora, por fim, ela é minha. Ali deitada.

CADA UMA NO SEU BANCO DA IGREJA, vestindo meias-calças cor de pele e com os pés gelados, elas estão ali sentadas como nos domingos anteriores. A minha mãe entra sozinha na igreja, anda sozinha pela cidade, chuta um naco de neve semiderretida para o lado, coloca uma pedra em seu lugar numa mangueira de pedra, depois de limpar a neve que havia nela. Ali parada, observo as costas dela e seus passos na direção da lagoa, passando pelo Jens na casa do guarda florestal, até dar na estradinha. A umidade atravessa o couro, o náilon, a pele, chega até o reumatismo, o segundo domingo após a primeira neve do ano. Feito minhocas, as varizes se remexem sob a pele fina, os dedos molhados de saliva compulsam o livro de salmos, uma senhora na terceira fila abotoa o casaco de novo. A pele dela é como algodão cru esticado sobre as bochechas encovadas, as pálpebras flácidas despencando sobre as pestanas claras, e ela canta. Sem emitir sequer um som de seus lábios finos, ela canta, mantém os salmos na cavidade da boca e retém as palavras apenas para si.

Um homem numa das filas centrais inclina a cabeça para trás e olha com suas pálpebras pesadas. Ele deixa o olhar percorrer as abóbadas no alto, cujas beiradas, arcos, dobras não consegue enxergar com sua visão precária, vendo tudo branco. Lentamente, como se seu rosto fosse uma massa pegajosa sendo amassada, ele fecha os olhos, movendo a cabeça um pouquinho, e vê o sol através da pele e do vidro pintado — a luz atravessando suas pálpebras.

Mais que as pegadas de cascos na lama, carneiros encharcados nos campos outonais, os cômoros de Svinklovene,[110] na baía de Jammerbugt,[111] é uma mordida na paisagem, a costa dos dentes desgastados. E o oceano ribomba aqui, enferrujado, praia acima. Ele se joga terra adentro, como quando alguém toma impulso e se joga contra uma porta fechada; é como um pátina que erode o seu caminho, verde, sobre os telhados de cobre, como igrejas que repousam à beira dos penhascos e podiam despencar no oceano se desejassem. Assim se mantém o oceano e respira aqui, avançando sobre as pastagens litorâneas por onde as vacas andam, onde as estâncias jazem feito ilhas — vidro simples, um livro, um frasco de comprimidos vazio num aparador — na paisagem singela da desordem.

O meu pai diz algo sobre a claridade.

O jeito peculiar em que a luz se esparrama sobre o areal, o único lugar de toda a Escandinávia exatamente assim. Ele faz um movimento com a mão direita, como um falcão que pende quase completamente parado no ar e em queda livre despenca pela coluna de ar que se forma entre a terra e a mão. Um esguicho feito a chuva através da areia, mas num só átimo.

Levantamos de manhã e não há nenhum ruído, praticamente mais nenhuma água quente, praticamente calor algum no início do verão de mil novecentos e noventa e sete.

Gosto que tudo seja tão disperso por aqui, como moitas num campo nu. Dispomos de cada um de nossos dias, aqui não há qualquer limite neles, a gente pode olhar sem qualquer esforço. A minha mãe e eu preferimos caminhar, a minha irmã mais nova prefere pintar, a minha irmã mais velha prefere ler, e o meu pai, como ele diz, prefere nada. Nada. Exceto talvez lavar roupa.

Ele trouxe apenas três cuecas, também apenas duas camisetas e praticamente nada para usar por cima, então ele precisa lavar suas roupas à mão até cansar. Vemos ele só de cuecas no banhei-

Ascensão e queda | 145

ro, vemos como ele busca um fuê e fica encurvado sobre um balde azul e dissolve o sabão em pó na água usando o fuê, vemos ele se levantar e observar as roupas de molho, ele as remexe com um cabo de vassoura, joga a água com sabão no ralo e enxágua cada peça de roupa com água fria. Várias vezes. Minuciosamente.

Caminhamos na direção da praia de Grønnestrand,[112] passando por cabras e ovelhas. Vemos as vacas na pastagem litorânea, passamos por entre a cerca de arame e encontramos orquídeas. Na Dinamarca, as orquídeas não são chamativas, pelo contrário, são modestas, se arrimam ao longo dos muros, só se deixam encontrar a contragosto. No entanto, a minha mãe as encontra com a mesma constância com que faz estrelas natalinas de papel ou descasca batatas, nos acocoramos diante das flores, ela afasta a grama para os lados, como se traçasse um molde limpo em torno de uma perna, uma flor depois da outra, enquanto a água vai entrando nos meus sapatos.

A luz é suave, caminhamos até o litoral na direção dos cômoros de Svinklovene; seguimos adiante, passando pelo hotel-balneário Svinkløv, que está lá impecavelmente limpo detrás das dunas de areia. A minha mãe desata a falar, só agora ela se refere às orquídeas com mais do que um mero aceno com a cabeça. O restante do passeio se resume o tempo todo ao fluxo verbal dela se derramando na areia e ao litoral recortado, aos pés que a gente repuxa. E só com dificuldade achamos nosso caminho de volta à casa de veraneio, nos perdemos no reflorestamento, nos perdemos entre as trilhas, entre as estradas alemãs,[113] mas por fim chegamos em casa, e já começamos a sentir cheiro de comida ao entrarmos na trilha vindo da estrada de saibro, legumes fervidos no vapor e sal, chegamos em casa já com os talheres alinhados e a mesa posta, o peixe no forno, todo aquele endro. Estamos tão cansadas, sim, notamos aquela claridade totalmente especial que havia, é isso que ele quer saber.

A minha irmã mais nova senta de través na cadeira, se joga de lá para cá, simplesmente não há sossego algum no corpinho magro dela. O meu pai pede que ela se sente direito, coma mais um pouco. Ele a chama de acrobata, enquanto eu a imagino mais como um bicho disfarçado de gente, ela é um tendão que fica a noite inteira tendo tremores, insuportavelmente flexível. O tempo vira outra vez e passamos a noite sentados, contando nos dedos, sem pressa, observando os relâmpagos, mexendo o mel na nossa xícara de chá, aquecendo os dedos em torno das xícaras desbeiçadas que lembram outros verões, outras noites de verão. É sempre esse tempo tempestuoso, são sempre esses rasgos no céu que chiam feito água numa panela de pressão, barris de aveia rolando nos temporais do outono.

Caímos no sono no sofá, nas cadeiras, enrolados nos cobertores, o meu pai anda pela sala com um copo de uísque, põe música, desfila só de cuecas, pinta três quadros ao mesmo tempo. Há cheiro de aguarrás, e desse jeito reina nele uma tranquilidade. O areal é um chanfro pelo qual as aves e as urzes deslizam o tempo inteiro para o oceano. Ele abaixa a cabeça feito um animal que arrasta uma carga pesada, é a música, ele para e se vira. Tom Waits enviesa *What's He Building in There* e o meu pai o acompanha; são dois sujeitos falando em coro em meio ao temporal, em meio ao alarme do apartamento ao lado, sempre aquele apartamento cujas paredes não conseguimos tocar, em cujo espaço quase não conseguimos acreditar.

Vou até o andar de cima para mijar, meu pai ergue o copo, faz um brinde. O tapete de fibra de coco arranha os meus pés, o areal está lá fora, iluminado, logo desaparece outra vez. O rosto dele é delicado e tenso ao mesmo tempo. *What's he building in there*, ele me pergunta, sorri, e eu me vou, varada de sono, absurdamente exaurida, e mal sei onde estou, não consigo sequer dizer que não estou num apartamento, que não haja vizinho algum aqui, alarme algum e móvel algum sendo arrastado num apartamento, serrote algum plangendo, viga alguma rangendo, apenas urzes; urzes por todos os lados — não sei se alguém está construindo algo nesse momento, se há sono feito um suspiro em todos os cômodos; tudo conflui como nascentes na direção de um rio, se confunde e segue brilhante, e abre buracos no fino verniz sobre a tela.

A MINHA MÃE PASSA PERFUME já dentro do carro. Desculpem, ela diz, não sei o que eu tenho na cabeça. Ela espicha a mão para trás e aperta o joelho da minha irmã mais velha. Tanto o meu pai como ela baixam as janelas da frente, o papel toalha e os jornais na traseira se agitam e se debatem como gaivotas contra as nossas cabeças no banco de trás. Fecho os olhos. A minha irmã mais velha fita a escultura lá fora, estamos atravessando o rio Gudenå.[114] *Magie Noir*, esse é o nome, vem num frasco de vidro transparente, encapsulado numa grade de metal preto decorado que envolve a base e se estende na direção do pescoço do frasco, contendo o fluido amarelo-óleo. Nada se insinua tanto na roupa de cama, tem um gosto amargo; estou sentada no colo quase dormindo, apoio a cabeça no peito e num dos braços dela, brincava com o colar de pérolas um pouco antes. Ela sorri, há um estrépito como num salão no fundo do peito dela, coisas se revirando nela; pego uma pérola branca atrás da outra entre os dedos, mais uma, mais uma, só quero chegar em casa.

O perfume não é mais usado, minha mãe guarda um quarto de frasco na gaveta de roupa de baixo junto com certa pulseira e uns papéis. Acho que é a única coisa particular que ela possui em geral. O corpo dela é meu, as histórias dela, as fotografias dela são minhas. O passeio até a ilha de Fanø[115] com a minha avó e o meu avô, o queijo azul e o pão de centeio toda a semana, a geleia de cinórrodo; quando ela se formou no ensino médio, e eles estão todos reunidos sentados numa mesa comprida no jardim, uma mesa que se prolongava das maçãs silvestres, passando pelo canteiro de plantas perenes, ao longo da sebe, até chegar à eira e ao portão do jardim, a escuridão na sala, onde as bebidas haviam sido dispostas na mesinha de centro enfileiradas, cervejas, enfileiradas, água com gás e tacinhas com vinho branco; na Universidade Grundtvig,[116] onde ela estudou, todos eles aprendem canto e de repente ela lembra de alguma canção, quando vai

Ascensão e queda | 149

comprar jacintos por exemplo, quando está apaixonada, quando se dá conta que é primavera ou natal outra vez. Herdo toda uma pilha de xales que ela tricotou enquanto trabalhava na bilheteria do parque de diversões Tivoli Friheden[117] durante umas férias de verão inteiras; dias chuvosos nos quais o carrossel fica parado e a água escorre de todos os trenzinhos, dos rabos dos cavalos, das rodas dos carrinhos. Que bonito ele era, e dessa vez eram dois, o aeroporto na Sardenha, a máfia italiana, ela e a Merete, que chega no terminal no último momento e, correndo entre as portas do trem que se fechavam, os cabelos longos quase ficando presos entre as guarnições de borracha, entrando apenas por um triz e, sorridente, evita os dois italianos que estavam ali para dar adeus e abanar cada um para a sua amante, que era a mesma. Ela nos mostra um filme caseiro da África, onde brinca nas ondas e está tão magra tão magra, com aquela cabeleira escura comprida, seus mamilos escuros e a parte de baixo do biquíni na cor verde-oliva, aquela é a minha mãe; o filme do parto da minha irmã mais velha, primeiro as contrações, como ela parece uma fera com um olhar tão obstinado e grave e azul-marinho, o pano que o meu pai vira de um lado para o outro e coloca sobre a testa dela, os olhos injetados de sangue, as imagens tremidas e aquela alegria que, à distância — mesmo para os meus pais — faz a gente se sentir só, lembra um alívio que a gente esqueceu que existia, e um tipo de luta que podia ser compartilhada entre nós. E depois ela irá para Paris, onde posa diante das câmeras como modelo fotográfica, onde ela não sabe o que quer, toda a viagem de fim de semana a Mols uma vez no outono, a decisão de que é aqui que ela quer morar; e que ela conhecerá o meu pai já no ano seguinte, que ele comprou uma casa em Mols, no sopé das colinas de Mols, de como isso de certa forma foi inevitável, se encaixa como dois pedaços de madeira aplainados até por fim se encaixarem um no outro, como uma meia num pé; a inevitabilidade de quando ela enfim está na horta debaixo da cerejeira plantando batatas e a bolsa rebenta; quando eles ganharam um cabrito como presente de casamento do Knud Abildgård, um colega do meu pai, que vive uma vida tão sem graça. A inevitabilidade dessa sequência como uma onda inacabada, como uma pedra que perde a cor ao secar, e apenas o sal que volta como testemunho do oceano.

O CORAÇÃO DO MEU PAI NÃO IRÁ BATER outra vez num ritmo constante, dispara feito um cão preso numa correia e depois se contrai sobre si mesmo; ele não pode rir, nem tossir, nem espirrar, nem se mover bruscamente, a gente não pode nem dar um abraço nele. Ele tenta nos bater se a gente esquece disso; é como o cavalo que chuta a própria barriga porque a ferida da sela está coçando ou supurando, porque as moscas incomodam, está se lixando para unguento de urze, unguento de zinco, creme de cânfora.

Usaram uma serra bem fina, a minha mãe me conta.

Abriram o esterno e construíram uma válvula cardíaca totalmente nova naquele coração que foi ficando cada vez mais em frangalhos, deixando o meu pai cada vez mais cansado. Tenho dificuldade de imaginar uma serra bem fina, se ela seria de ouro ou latão, a única coisa que entendo a respeito de serras combina bem com a palidez dos lábios dele, o amarelo nos olhos dele, a exaustão e os dedos amolecidos; e a casa se transforma num hospital de campanha, numa barraca, o cascalho do lado de fora da casa vira lama, passos pesados e carros se arrastam na lama, um corpo depois do outro, amontoados como galhos, alguns ossos amontoados e amarrados, uma jornada arrastada e silenciosa, até que uma tenda branca é armada, até suas pernas e braços feridos serem serrados; eles urram.

Devemos agradecer que ele não esteja morto.

A minha mãe diz: Devemos agradecer por não vivermos noutra época. Se vivêssemos, ele com certeza estaria morto agora, ela diz, ou então estaria à beira da morte, no fim das contas devemos agradecer. Fico pensando por que ela explica isso de forma tão minuciosa, quando basta a gente pensar que é bom que ele não esteja morto.

152 | *Josefine Klougart*

A MINHA IRMÃ MAIS VELHA ME DIZ que nunca faz silêncio absoluto. Eu digo a ela que em Mols pode fazer perfeito silêncio, no inverno, ao anoitecer, quando há neve no chão. Ela me ajuda a tapar as orelhas com as mãos: ouve por ti mesma, ela diz. Ruído branco, ela diz, olhando séria para mim. Eu balanço a cabeça.

Todo o mês de fevereiro e até bem avançado o mês de março, meu pai costuma comprar tulipas, um montão delas, ele simplesmente não consegue parar de comprar tulipas, jacintos, lírios. Os pedúnculos são grossos como antebraços, roliços de seiva até os limites do espaço, inviavelmente prenhes de água, inviáveis em suas cores. Já os botões dos jacintos são grossos como línguas ardendo na cavidade bucal, intumescidas e doloridas; derramando-se dos vasos, por todos os lados dos jarros de vidro, as gavinhas dos jacintos despencam dos vasos de cerâmica, há flores por toda a parte, pode-se dizer; nos caixilhos das janelas, sobre a escrivaninha, ao lado do telefone, perigosamente próximas da lareira, mas sobretudo em vasos enormes espalhados pelo chão. Noite após noite, nos revezamos na tarefa de levar os ramalhetes até a área de serviço, para que o frio ajude os botões de flores a se recomporem da geada da noite anterior, uma espécie de treliça que sustenta os pedúnculos; as flores retomam sua formação, as pétalas recobram seu autocontrole. É uma festa assistir àquela congregação, àquele coro formado pelas flores em plena friagem, como se o outono persistisse, apenas exacerbado, como o silêncio também pode ser. Perfeitamente acachapante.

MINHA MÃE ABRE UMA LATA DE COMIDA para gato com o novo abridor, as mãos enormes dela o apertam como uma pinça na borda da lata e ela começa a girar a manivela; esmalte vermelho, metal, rodas dentadas que engrenam uma na outra. As mãos dela não estão nem nunca ficarão pálidas, não são como as minhas crivadas de veias azuis que se espicham na pele translúcida e vítrea que some no lilás. Ela não olha para baixo, olha adiante pela janela, não olha para nada em particular; é uma olhada solta que se perde no declive detrás dos tulipeiros desnudos — A galhada, ele grita, vocês vão querer? A voz do Jensen faz os olhos dela apertarem, como as mulheres que se enrolam melhor no xale quando há uma rajada de vento num porto; a voz dele ecoa da área de serviço, ele descalça as botas e entra em casa. Os ombros da minha mãe despencam, ela continua girando a manivela, os tendões salientes como raminhos sob a pele do dorso da mão, até que ela desiste, enxágua as mãos sob a torneira, seca-as nas calças e vai até ele na área de serviço.

O meu pai atropelou uma corça junto à encosta, perto da casa do Jensen.

Dessa vez ele nos ajudou com isso, destrinchou e embalou a carcaça, ele conhece deus e o mundo, reconhece os carros deles pelo barulho, saúda-os; e a sala de festas toda cheia de galhadas como dedos tortos saindo da parede, a Helga, a cozinheira, é a esposa dele, ela tira o pó todos os sábados de manhã, balança a cabeça, afinal o que ele quer com todos aqueles animais mortos. Também tem um certo orgulho, nota-se, nos olhos dela, é neles que o orgulho se esparrama como azeite na água, isso não passa despercebido. Agora ele veio com a galhada, era só o que estava faltando, está pronto pra vocês no porta-malas do Suzuki, ele diz, se lhes interessar. O abridor de latas continua agarrado na borda da lata. O gato esfrega a bochecha na porta do armário, ronrona, queixa-se discretamente. Penso nas sirenes na ilha de

Ascensão e queda | 155

Heimaey,[118] na erupção vulcânica de 1973, nas crianças sendo acordadas de madrugada e enroladas em cobertores, evacuadas de barco daquela ilha nos braços de adultos encasacados. O estrondo que deve ter sido. Os olhares de recriminação para a terra de todas as partes, das cavidades oculares, sob as pálpebras, dos barcos em direção à terra, das sacadas, fugazes, e logo partir. Dos braços dos pais e das mães, de um lugar detrás das bordas de pele dos gorros, para o cheiro de enxofre e fumaça, os olhares voltados para as casas paradas feito penhascos no litoral, Bul-bjerg[119] engolida pelo oceano, penhascos que despencam, pois a terra não é firme sob os pés. A ruptura da noite e do sono, a lava que ferve como que sob pressão, sob os pés, sob a terra.

Giro o abridor de latas para que se desprenda, giro a manivela ao contrário e consigo soltá-lo, não inteiro, mas sim em três partes, e uma placa de metal cai no chão, o gato olha para cima. Tento encaixar o trilho de metal na alavanca vermelha mas ele fica frouxo de tal forma que a roda dentada interna não consegue se firmar no olhal. As rodas dentadas se afastam ainda mais, mais um giro, há no mínimo duas rodas dentadas soltas, um trilho vermelho esmaltado e reluzente.

Recolho a placa de metal do chão e dou comida para o gato, guardo a lata na geladeira coberta com papel-alumínio. Tento outra vez. Encaixo as duas rodas dentadas, mas cada vez mais peças se soltam; puxo a ponta do blusão para a frente e guardo tudo ali, meu sangue desce do rosto até uma bolsa de sangue nalguma parte sob o esterno, é quase como se eu simplesmente não conseguisse puxar o ar; levo tudo até o escritório, puxo uma cadeira, guardo o cadáver desmembrado o mais alto possível, na prateleira mais alta atrás de uma viga, numa tigela de cerâmica, e finjo que aquilo jamais aconteceu, coloco a cadeira de volta junto à escrivaninha. Não sei nada a respeito, ouço eu mesma dizer, repetindo aquilo várias vezes em diferentes tons de voz. Que não sei nada a respeito.

O leite nas jarras se derrama, o leite nas caixinhas se derrama e escorre na direção da beirada da mesa, o leite pinga da beirada da mesa até o chão, como a água da chuva quando as peças da calha se soltam, se acavalam ou quando não há tubo de queda; o tipo de coisa que acontece o tempo todo.

Saio porta afora sem sobretudo e sigo adiante até passar pela igreja, até a colina onde fica o estábulo, chego até o topo e volto, assoo o nariz em dois lugares, como o meu pai, como a minha irmã mais velha me ensinou a fazer. Com um dedo apertando uma das narinas. Guardo as minhas botas na sapateira.

LEVANTO-ME NUMA CASA QUE AINDA está dormindo, ainda conserva um certo calor, pois as brasas não arderam completamente como deveriam às sete horas. Quero que já seja hora. Que simplesmente a manhã se espiche preguiçosa até perto do meio-dia e a claridade deslize ingenuamente como uma conversa desenfreada durante o sono, sem quaisquer ressalvas haverá o dia de principiar; e isso com uma naturalidade de quem pateia para frente e para trás entre os canteiros de uma horta.

Ela leva um susto quando apareço no estábulo vestindo o meu macacão e vou prepará-la, puxá-la até a servidão. Ainda restam três horas, mas vai clarear, a claridade irá rolar encosta acima, o sol irá se apoiar num insípido céu lilás, nublado, as nuvens pesadas que pairam sobre o topo da encosta e só no final se entrega a uma cor lilás esfumada. Sem apagar o cigarro, o Verner abre as quatro trancas de metal enferrujadas e deixa a porta traseira do caminhão tombar no asfalto como a primeira fatia de pão de centeio ainda quente, pesada de malte e massa lêveda, o aroma acerbo; a primeira fatia de um assado caro, desse luxo a que a minha avó materna se refere, o assado de carne bovina mais fino; o estrondo que ressoa, as folhas que se erguem e as aves que revoam desajeitadas dos galhos das tílias e dos carvalhos e das singelas faias, das bétulas; o ruído frívolo das batidas dos cascos no asfalto, suas patas ciscando no cascalho.

E os olhos, outra vez, e todas as pedrinhas que se espraiam feito saraiva pela estrada, o aguaceiro que despenca sobre nós e logo escampa.

A noite não quer prosseguir, é um rolo, e cedo demais é de manhã novamente.

A manhã se estende, a manhã ganha uma mansidão de que a noite carece, o caminhão que bruxuleia a caminho da estrada, o cigarro do Verner que pende do canto da boca feito carne pendendo do teto maturando por toda a eternidade, o seu aceno

158 | *Josefine Klougart*

com a cabeça. Parece infinito, da mesma forma que um verão parece sem fim no início de junho, onde não há limite para tudo o que queremos fazer antes de agosto, antes de setembro, os dias em que simplesmente inexiste um nome para o fim das coisas.

A Molly se recusa a subir naquele caminhão.

O Verner puxa-a, as bochechas dele tremendo como um forro de cortina diante de uma janela aberta. Eu aperto um saquinho com cenouras no bolso.

Ele passa uma corda por um olhal metálico do caminhão e se move com a mesma teimosia que ela, só que para trás, ambos estão puxando, a corda se entrega assim como eu, com um rangido igual ao dos meus dentes. Estou no caminhão, ele me pede para entrar, aponta o caminho. Foi a única coisa dita naquela manhã, entra. Ele diz isso para mim, para a égua. Tudo o mais é apenas um rangido, um aceno com a cabeça, uma corda comprida com duas pontas, a obstinação e o tempo que ficou tão parado como o ar sobre o lago em agosto. Ele lhe aplica um pontapé por trás com um sapato de madeira, aquilo dói em mim, meus olhos ficam tão rasos d'água que tudo bruxuleia, as palavras que ele grita para ela, os meus lábios, todas as folhas, as quadrículas da camisa dele; as nuvens que se movem na direção da terra, o barulho do saquinho no bolso, os joelhos artríticos dela, os boletos desgastados, as canelas magras, os meses em que simplesmente caminhamos, a cabeça dela abaixada, a radiografia, as sombras escuras da cartilagem totalmente ausente, ou seja, osso contra osso, como ele diz. São tantas manhãs enfileiradas, tantos passos e de repente mais nenhum, hoje uma teimosia e uma manhã que não se entrega, a Molly escapa, come uma cenoura na minha mão, enquanto o Verner a amarra dando tapinhas no pescoço dela; e eu quase que preferindo vê-lo aplicando outro pontapé nela, seria mais fácil de aguentar se tudo fosse apenas

Ascensão e queda | 159

severidade e braveza, seria algo simples que se deixa agarrar com ambas as mãos e simplesmente jogar fora no dia seguinte. Como quem arremessa um copo.

A manhã para quando a rampa é erguida e presa hermeticamente, de tal forma que não há mais luz no caminhão; é um recinto, tão somente, um retângulo traçado na areia, dois metros por três metros e meio contendo a escuridão e a minha égua, e aquele bloco some na esquina e desliza pela paisagem.

(NOTAS DO TRADUTOR)

1 Em inglês no original: "Muito depende / de // um carrinho de mão / vermelho // coberto / de chuva // ao lado de galinhas / brancas" (trad. Francesca Cricelli).

2 Em francês no original: "Sou um passageiro clandestino, vindo de Marselha, prendam-me!".

3 *Agri Sø*: pequeno lago localizado no parque nacional de Mols Bjerge (v. mapa), no litoral leste da Jutlândia Central.

4 *Bogens Strand*: praia localizada no parque nacional de Mols Bjerge (v. mapa).

5 *Tinghulen*: caldeirão glacial seco cuja vista é uma das principais atrações no parque nacional de Mols Bjerge (v. mapa). Na antiguidade, foi a sede da assembleia (parlamento anual realizado ao ar livre durante o verão, a exemplo do antigo *alþingi* islandês) de três distritos cuja tríplice fronteira era constituída pelo Tinghulen (literalmente, "Cova da Assembleia").

6 *Toggerbo*: ruínas de propriedade rural abandonada no parque nacional de Mols Bjerge (v. mapa).

7 *Piersen i Hullet*: propriedade localizada no parque nacional de Mols Bjerge (v. mapa).

8 *Stabelhøjen*: propriedade rural localizada no parque nacional de Mols Bjerge (v. mapa).

9 *Ebeltoft*: município com cerca de 7 mil habitantes localizado no leste da Jutlândia Central.

10 *Helgenæs*: península localizada no leste da Jutlândia Central, a sul do parque nacional de Mols Bjerge (v. mapa).

11 *Skødshoved Strand*: praia localizada na parte oeste da península de Tved/Skødshoved, que forma a parte ocidental do complexo peninsular de Mols (v. mapa), no leste da Jutlândia Central.

12 *Herning*: município com pouco mais de 50 mil habitantes localizado na parte ocidental da Jutlândia Central.

Ascensão e queda | 161

13 *kroner*: a coroa dinamarquesa, conhecida no mercado cambial pela sigla DKK, é a moeda da Dinamarca (R$ 1,00 equivale atualmente a cerca de 1,66 coroas dinamarquesas).

14 *Faxe Fad*: cerveja tipo *European Pale Lager* (mesma categoria da Stella Artois (produzida no Brasil).

15 *Ballerup røremaskine*: eletrodoméstico de projeto industrial (1953) e fabricação dinamarquesa produzido pela empresa Helmuth A. Jensen A/S no município de Rødovre sob a denominação "Ballerup Mastermixer". No início da década de 1970, a batedeira foi encampada pela gigante sueca Electrolux e passou a se chamar "Electrolux Assistent", depois "Assistent Original" e, desde 2012, "Ankarsrum Original", numa referência ao município da Suécia onde a versão modernizada é atualmente fabricada.

16 *Helligkilde*: uma das atrações mais importantes do parque nacional de Mols Bjerge (v. mapa).

17 *Trehøje*: colina com 127 metros de altura, destino turístico popular do parque nacional de Mols Bjerge (v. mapa) com vista para o mar a partir de três de seus lados.

18 *Støvbold*: cogumelos do gênero *Lycoperdon,* da família *Agaricaceæ.*

19 *Festpladsen*: parque na cidade de Århus.

20 *Ommestrup*: antiga aldeia na península de Djursland, na Jutlândia Central.

21 *Kalø Vig*: enseada norte da baía de Århus, estendendo-se desde a praia de Skæring no sudoeste até as ruínas do castelo de Kalø ao sul do município de Rønde, com o parque nacional de Mols Bjerge a leste.

22 *Samsø*: ilha com 3.500 habitantes do arquipélago dinamarquês localizado no estreito de Categate.

23 *Frederiksgade*: rua na cidade de Århus.

24 *Det Kongelige Teater*: fundado em 1748, inicialmente como teatro régio para abrigar dramaturgia, ópera, balé e orquestra sob o mesmo teto, é considerado atualmente o teatro nacional da Dinamarca. Fica na Nova Praça Régia (*Kongens Nytorv*) em Copenhague.

25 *Grenåvej*: avenida na cidade de Århus.

26 *Nappedam*: complexo náutico e portuário na angra de Egens, na baía de Århus, Jutlândia Oriental.

27 *Birkemosegård*: propriedade rural em Overby, no pontal da Zelândia, Zelândia Ocidental.

28 *Skejby*: bairro na região norte da cidade de Århus.

29 Hospital regional que atende a Århus e região, fundado em 1873 e incorporado em 2004 ao Hospital Universitário de Århus.

30 *Pas paa Svinget i Solby*: filme dinamarquês (1940) dirigido por Alice O'Fredericks og Lau Lauritzen Jr., com roteiro de Paul Sarauw.

31 Berthe Viola von Rehling Qvistgaard (1910–1999), atriz e diretora dinamarquesa.

32 *Drømmen om Det Hvide Slot*: filme dinamarquês (1962) com roteiro e direção de Anker Sørensen.

33 Malene Schwartz (1936–1999): atriz dinamarquesa.

34 Ebbe Langberg (1933–1989): ator e diretor dinamarquês.

35 Emil Hass Christensen (1903–1982): ator dinamarquês.

36 *Vrinners*: município de 387 habitantes localizado em Djurs- -land, na península de Mols, no leste da Jutlândia Central.

37 *Albyl*: formulação com 250 mg de ácido acetil salicílico fabricado pela farmacêutica sueca Leo e tradicionalmente co- mercializado na Dinamarca.

38 *Grønfeld*: município de 206 habitantes na vizinhança de Vrinners.

39 *Strandkjær Strand*: praia localizada no parque nacional de Mols Bjerge (v. mapa).

40 *Mols Laboratoriet*: centro de pesquisa e educação, fundado em 1941, localizado na parte meridional do parque nacional de Mols Bjerge (v. mapa) e que integra o Museu de História Natural de Århus (www.naturhistoriskmuseum.dk/molslaboratoriet).

41 *Karpenhøj Naturcenter*: centro de atividades ao ar livre localizado na parte meridional do parque nacional de Mols Bjerge (v. mapa).

42 *Kalaallit Nunaat* ("Nossa Terra" em groenlandês) ou *Grønland* ("Terra Verde" em dinamarquês): região autônoma do Reino da Dinamarca formada pela ilha homônima (a maior do mundo) e diversas outras ilhas vizinhas à costa nordeste da América do Norte, banhadas pelo Ártico (norte), mar da Groenlândia e mar de Labrador (oeste) e oceano Atlântico (sul e leste).

43 *Nuuk* ("A Península" em groenlandês) ou *Godthåb* ("Boa Esperança" em dinamarquês): capital e maior cidade da Groenlândia, com quase 18 mil habitantes, sendo o principal centro comercial, industrial, administrativo e logístico do Ártico.

44 *Ebeltoft Folketidende*: jornal local que circulou entre 1926 e 2011 em Ebeltoft, com tiragem de 16 mil exemplares.

45 *Bornholm* (conhecida como Boríngia em português): ilha do mar Báltico que é o ponto mais oriental da Dinamarca, com área de 588 quilômetros quadrados e população de quase 40 mil habitantes.

46 *Skramsø Plantage*: reflorestamento localizado dentro do parque nacional de Mols Bjerge (v. mapa)

47 *Kantareller* (*Cantharellus*): gênero de cogumelos comestíveis, particularmente populares, pertencente à família *Cantharellaceæ*. Os membros desta família têm corpo em forma de taça ou funil e são quase sempre encontrados em zonas arborizadas.

48 *Grundlovsdag*: feriado nacional dinamarquês que celebra a democracia e a promulgação da primeira constituição do país em 5 de junho de 1849.

49 *Oldenborger*: raça de cavalos robustos de origem alemã, com pelagem na maioria das vezes preta ou castanha, bastante apreciados na tração de carruagens ou como montaria.

50 *Hakkebøff*: prato tradicional da culinária dinamarquesa, consistindo em uma bola de carne bovina moída temperada com sal, pimenta e outras especiarias e frita na manteiga ou outra gordura. Costuma vir guarnecido de cebola frita, batatas e molho pardo, pepinos em conserva, beterraba, couve e arando vermelho.

51 *Knebel*: pequeno município com 557 habitantes localizado na angra de Knebel, no oeste da península de Mols, Jutlândia Central.

52 Fiônia (*Fyn* em dinamarquês): terceira maior ilha da Dinamarca, com população de cerca de 470 mil habitantes. Formam ainda o arquipélago as ilhas de Langeland, Thurø, Tåsinge, Æbelø, Ærø e cerca de outras noventa ilhas menores.

53 *Århus* (também grafado "Aarhus"): com 277.086 habitantes (845.971 na região metropolitana), é a segunda maior cidade da Dinamarca (depois da capital Copenhague) e a maior da Jutlândia. Localiza-se na enseada de Århus na Jutlândia Oriental, em frente à península de Mols (a oeste) e às ilhas de Samsø e Tunø (ambas no estreito de Categate) a sudoeste.

54 Movimentado cruzamento de duas artérias viárias importantes na cidade de Århus.

55 Zelândia (*Sjælland* em dinamarquês): maior e a mais povoada ilha da Dinamarca, abrigando praticamente metade da população do país (aproximadamente 2 milhões e 300 mil habitantes, dos quais 1 milhão e 300 mil na capital, Copenhague). Está separada da Fiônia pelo Grande Estreito (*Storebælt* em di-

namarquês) e da Escânia (*Skåne* em sueco e em dinamarquês),
na Suécia, pelo estreito de *Øresund*.

56 *Imperial Leather*: marca inglesa de sabonete comum nos
países nórdicos.

57 *Viby*: bairro de Århus, localizado a cerca de 4 quilômetros a
sudoeste do centro da cidade.

58 *Egå*: bairro de Århus, localizado a cerca de 8 quilômetros a
nordeste do centro da cidade.

59 Selma Lagerlöf (1858-1940): escritora sueca, ganhadora do
Nobel de literatura em 1909 e a primeira mulher a ocupar uma
cadeira (n.° 7) da Academia Sueca. É uma das autoras mais lidas
e traduzidas da literatura em língua sueca de todos os tempos.

60 *Skærsø Plantage*: reflorestamento localizado dentro do parque nacional de Mols Bjerge (v. mapa).

61 *Kalø Vig/Egens Vig*: ambas enseadas lindeiras ao parque
nacional de Mols Bjerge (v. mapa).

62 *Læssøesgades Skole*: escola de ensino fundamental fundada
em 1921 na região sul de Århus.

63 Cadeira criada pelo célebre desenhista industrial dinamarquês Arne Jacobsen: https://fritzhansen.com/en/series7.

64 V. nota 7.

65 *Randers*: sexto município mais populoso da Dinamarca e
segundo mais populoso município da Jutlândia Oriental (depois
de Århus), com população de pouco mais de 62 mil habitantes,
localizado 39 quilômetros ao norte de Århus, junto à foz do rio
Gudenå, no fundo do fiorde de Randers.

66 *Brasso*: líquido para polir e remover manchas de metais
como latão, cobre, cromo e aço inoxidável.

67 *Marienlund*: parque e entroncamento de ônibus urbanos
na região norte da cidade de Århus.

68 *Albyl*: V. nota 32.

69 *Grenåvej, Rydersvej* e *Asylvej*: todas ruas do bairro de Risskov, na região norte de Århus.

70 *Rønde*: pequeno município da Jutlândia Central, com população de 3 mil habitantes, distante 30 quilômetros a noroeste de Århus. Faz divisa ao sul com o parque nacional de Mols Bjerge (v. mapa).

71 *Risskov*: bairro localizado da região norte de Århus.

72 Refere-se à enseada de Kalø (v. nota 16).

73 Todas pequenas localidades à margem da enseada de Kalø.

74 *Egå*: bairro localizado da região norte-nordeste de Århus.

75 *Skagen*: município com cerca de 8 mil habitantes, sendo o ponto mais boreal da Dinamarca, localizado na Jutlândia do Norte e onde fica o pontal de Grenen, que separa os estreitos de Escaguerraque e Categate (em dinamarquês *Skagerrak* e *Katte-gat*, respectivamente). Comunidade pesqueira importante e destino turístico popular por suas belezas naturais, cujas paisagens foram retratadas por pintores dinamarqueses renomados cuja escola artística é associado ao local ("pintura de Skagen"), como P.S. Krøyer, Anna Ancher e Michael Ancher, artistas que apreciavam a luz natural da região a ponto de se mudarem para essa parte extrema da península da Jutlândia, onde criaram uma série de obras-primas, muitas das quais podem ser visitadas no museu de arte local. As casas tradicionais do município são conhecidas pela sua cor especial ("amarelo Skagen") e seus telhados de telhas de barro com bordas brancas.

76 *Mortensaften*: festa de origem religiosa celebrada com uma assado de ave — tradicionalmente, de ganso, mas atualmente, de pato — na Dinamarca, na Escânia (sul da Suécia) e em algumas regiões da Alemanha na véspera do 11 de novembro, que segundo a tradição, é a data em que foi sepultado o bispo de Tours, são Martinho, no ano de 397 dC.

Ascensão e queda | 167

77 *Højskolesangbogen*: cancioneiro mais vendido da Dinamarca, inclui as canções populares mais importantes que fazem parte do legado cultural do país e encontra-se atualmente na décima oitava edição, tendo atingido uma tiragem acumulada de 2,5 milhões de exemplares nas dezessete edições anteriores, a primeira das quais foi publicada em 1894.

78 *Provstgård*: bosque localizado no parque nacional de Mol Bjerge (v. mapa).

79 *Kaløskovene*: bosque junto às ruínas do palácio de Kalø, localizado no parque nacional de Mol Bjerge (v. mapa).

80 *Fjordhest* (também conhecido como *nordbagge*): raça de cavalos baios pouco robustos, de cauda e listra de burro escuras, originária da Noruega e introduzida na Dinamarca entre o final de primeira grande guerra e o início dos anos de 1930.

81 *Det lille hus i den store skov* (título em dinamarquês): novela infantil autobiográfica (cujo título original é *Little House in the Big Woods*) escrita por Laura Ingalls Wilder, ilustrado por Helen Sewell e Garth Williams e originalmente publicada pela editora Harper in 1932 em Nova Iorque. A versão dinamarquesa mencionada no romance foi traduzida por Ellen Kirk (prosa) e Otto Gelsted (versos) e publicada pela primeira vez em 1956 em Copenhague pela editora Gyldendal. No Brasil, esse livro foi publicado em 1983, com o título *Uma casa na floresta*, pela editora Record, do Rio de Janeiro, em tradução de Constantino Paleólogo.

82 *Tved*: vilarejo de 231 habitantes localizado na península de Mols, na Jutlândia Central.

83 *Bavnehøj*: elevações na paisagem onde, desde a antiguidade até meados do século XIX, eram acesas fogueiras para sinalizar informações de interesse público, em especial o recrutamento (compulsório) de cidadãos para defender-se de invasões estrangeiras.

84 *Botanisk Have*: refere-se ao jardim botânico na cidade de Århus, com área de cerca de 22 hectares, fundado em 1875.

85 *Peblinge Sø*: um dos três lagos, abrangendo cinco bacias, que formam o complexo de lagos interiores da região central de Copenhague, normalmente denominados apenas de *Søerne*, literalmente "os lagos". Os outros dois lagos que formam o complexo são Sankt Jørgens Sø e Sortedams Sø.

86 *Lange Sø*: lago localizado no parque nacional de Mols Bjerge (v. mapa).

87 *Kolind*: município da Jutlândia Central com população de 1.891 habitantes.

88 *Mors ou Morsø* (ou ainda mais raramente *Morsland*): ilha localizada no estreito de Limfjord (que liga o mar do Norte com o estreito de Categate), na Jutlândia do Norte, com 363 km² de área e população de quase 21 mil habitantes.

89 Os nomes aqui apresentados em português nem de longe correspondem literalmente aos nomes de flores do texto original. Foram escolhidos apenas para manter a ideia do original de "plantas e flores que levam o nome daquilo com que se parecem". É possível, ainda, que nem todas essas plantas existam na Dinamarca.

90 *Nordbaggerne*: v. nota 73.

91 *Sølballegård*: antiga propriedade rural (recentemente convertido em pousada e centro de convenções) localizada no parque nacional de Mols Bjerge, a um quilômetro da colina de Trehøje (v. mapa).

92 *Kantareller* (*Cantharellus*): gênero de fungos (comestíveis) pertencente à família *Cantharellaceæ*.

93 *Orangekantareller* (*Hygrophoropsidaceæ*): família de fungos basidiomicetos (não comestíveis) pertencentes à ordem *Boletales*.

94 Circo glacial: meio caldeirão glacial em forma de cone quase cilíndrico que se abre num dos lados com um fundo plano.

Por sua vez, o caldeirão glacial é uma formação geológica resultante do degelo de uma porção de glaciar isolada do glaciar principal, podendo atualmente estar seco ou preenchido por água, formando um lago.

95 *Rytterknægten*: observatório ornitológico e ponto geográfico de referência localizado na floresta de Almindingen (a terceira maior da Dinamarca), marcado pela Memorial Régio Torre de Pedra, erguido em 1856 em memória do rei Frederico VII. É o ponto mais elevado na ilha de Bornholm, com seus 162 metros acima do nível do mar (172 metros contando a altura da Torre de Pedra).

96 *Morsø*: fundição em atividade desde 1853 na ilha homônima, localizada no estreito de Limfjord, renomada em toda a Escandinávia por seus fogões de ferro fundido.

97 *Rullepølse*: iguaria de carne tipicamente nórdica que, na sua versão dinamarquesa, é feita de barriga de porco (mais raramente de vaca ou de ovelha) temperada com ervas aromáticas e outros condimentos e a seguir enrolada e amarrada antes de ser moldada retangularmente numa prensa especial, cozida na água, deixada esfriar e por fim fatiada. Combinada com rodelas de cebola, é uma das guarnições tradicionais dos sanduíches abertos típicos da Dinamarca (*smørrebrød*). Também existe na Noruega, na Islândia e nas Feroés, onde é preparada sobretudo com a barriga de ovelha. Já a versão sueca, também feita com barriga de porco, é tradicionalmente parte do bufê de natal.

98 Em inglês no original: "Vende-se: amor e calças de brim".

99 *Esbjerg*: quinta maior cidade da Dinamarca com pouco mais de 72 mil habitantes, localizada no sudoeste da Jutlândia.

100 *Himmerland*: península a leste da Jutlândia do Norte, entre o estreito de Limfjord ao sul e o fiorde de Mariager ao norte.

101 *Norsminde Kro*: bar e estalagem tradicional localizado em Norsminde, comunidade pesqueira às margens do fiorde de Norsminde, 20 quilômetros ao sul de Århus.

102 *Smørrebrød*: sanduíche aberto de pão de forma típico da Dinamarca e dos vizinhos da Escandinávia, preparado com as mais diversas guarnições, p. ex. queijo, peixe em conserva, carne, patê de fígado, manteiga, camarões ou salsicha, pode ser consumido numa refeição mais frugal (café da manhã, lanche da tarde ou jantar leve).

103 Ambas praias localizadas um pouco ao sul de Århus.

104 *Odensegade*: rua na região central de Århus.

105 *Handelshøjskolen*: Escola de Comércio de Århus, fundada em 1939, incorporada em 2007 à Faculdade de Administração e Ciências Sociais da Universidade de Århus.

106 *Gullfoss*: queda d'água localizada no rio Hvítá no vale de Haukadalur, no sul da Islândia, um dos destinos turísticos mais populares do país.

107 *Odder*: município-estação de 12.237 habitantes localizado na Jutlândia Oriental, a 21 quilômetros de Århus.

108 Bertel Haarder (1944—): político dinamarquês, deputado na Assembleia do Povo pelo partido Venstre (que apesar do nome, literalmente "Esquerda", defende tradicionalmente políticas de centro-direita), foi ministro em vários governos, sendo o político que ocupou postos ministeriais por mais tempo desde a adoção do atual sistema político-parlamentar na Dinamarca, em 1901, sendo atualmente o decano (*nestor*) do parlamento nacional, cabendo-lhe por isso a honra de abrir as sessões parlamentares a cada ano, sempre na primeira terça-feira de outubro.

109 *Folketinget*: parlamento nacional do Reino da Dinamarca, com sede no palácio de Christiansborg em Copenhague, atualmente compreendendo 179 assentos parlamentares. Constitucionalmente, a Assembleia do Povo exerce o poder legislativo na

Dinamarca, em tese em pé de igualdade com o monarca regente. Na prática, porém, o papel do monarca se limita a promulgar com sua assinatura, no prazo de trinta dias, as leis outorgadas pelo parlamento. As regiões autônomas da Groenlândia e do arquipélago das Feroés elegem cada qual 2 parlamentares para representarem seus interesses no parlamento nacional, além de possuírem seus próprios parlamentos autônomos locais. Uma vez que a Dinamarca adota o regime parlamentarista, o governo é formado pelo partido ou coalizão partidário que detém, isolada ou combinadamente, o maior número de assentos no parlamento, ou ainda, conforme a prática estabelecida *de facto* em 1901, caso não haja na Assembleia do Povo uma maioria de votos contrária a si.

110 *Svinklovene*: cômoros no litoral do centenário reflorestamento de Svinkløv Klitplantage, às margens da baía de Jammerbugt.

111 *Jammerbugt*: baía em forma de arco litorâneo com mais de 100 quilômetros de extensão que faz parte do estreito de Escaguerraque. É limitado a sudoeste pela falésia de Bulbjerg e a nordeste pelo município de Hirtshals.

112 *Grønnestrand*: praia ampla de areias brancas localizada na baía de Jammerbugt.

113 *Tyskervejene*: rodovias ainda hoje em uso, a maioria com pavimentação de concreto, construídas durante a ocupação nazista da Dinamarca, que durou de 9 de abril de 1940 a 5 de maio de 1945.

114 *Gudenå*: com seus 149 quilômetros de extensão, é o rio mais extenso da Dinamarca.

115 *Fanø*: ilha-município de 56 metros quadrados no mar Frísio, em frente à cidade de Esbjerg.

116 *Grundtvigs højskole*: instituições de ensino avançado fundadas na Dinamarca no século XIX sob a inspiração do teólogo e escritor, autor de salmos, filósofo, educador, historiador, filó-

logo e político dinamarquês Nikolai Frederik Severin Grundtvig (1783–1872), pai da doutrina conhecida como *grundtviguianismo* (que pode ser sintetizada no lema "Primeiro a pessoa, depois o cristão", voltadas originalmente ao ensino de adultos buscando aprimorá-los como cidadãos com base na cultura, no cristianismo, na igreja e nos valores patrióticos.

117 *Tivoli Friheden*: parque botânico e de diversões em Århus, localizado num bosque que fica nos limites de área central da cidade.

118 *Heimaey*: única ilha habitada do arquipélago das Vestmannaeyjar, localizado ao sul da Islândia, e também a única formada por mais de uma erupção vulcânica: a parte chamada Norðurklettar, cuja formação estima-se haver ocorrido de 10 a 12 mil anos atrás, ainda que algumas teorias sugerem que partes de Norðurklettar sejam muito mais antigas (110 a 120 mil anos). Stórhöfði e Stakkabótargígur foram formadas em erupções mais recentes, 5 a 6 mil anos atrás. A mais recente erupção, a que se refere à autora, ocorreu na madrugada de 23 de janeiro de 1973, aumentando a superfície da ilha em cerca de 2 quilômetros quadrados. A população da ilha é de pouco mais de 4.200 habitantes que vivem numa área de pouco menos de 13,5 quilômetros quadrados.

119 *Bulbjerg*: falésia com 47 metros de altura localizada na costa noroeste da península da Jutlândia.

Este livro foi composto em Fairfield para a Editora Moinhos, em papel pólen soft, enquanto *País do sonho*, de Elza Soares tocava.
Era novembro de 2019.

*

A América Latina sofria como há décadas não acontecia.